시시한 인생은 없다

시시한 인생은 없다

이야기로 풀어 쓴 경전 에세이

이미령 지음

담앤북스

글을 열며

 늘 글을 써야 하는 숙제를 안고 살아오고 있습니다. 글도 그냥 글인가요? 붓다와 관련한 글입니다. 2,600여 년이나 이전에 살다 가신 붓다의 메시지를 글로 풀어내는 일입니다. 다행스럽게도 붓다의 메시지는 경전에 담겨 있습니다. 그러니까 경전만 잘 읽어도 석가모니 부처님이 어떤 이야기를 우리에게 건넸는지를 어느 정도 알 수 있습니다.

 하지만 경전이 좀 많아야죠. 게다가 어렵습니다. 무엇보다 지금 내 삶에 반짝하고 빛이 비치는 내용, 내 가슴을 쿵 하고 울리는 그런 내용보다는 알 듯 모를 듯, 아무리 읽어도 감을 잡기 어려운 문장들만 빼곡합니다. 그래서 경전을 아예 펼치지 못하는 이들이 많습니다. 어떤 사람은 말합니다. 그냥 읽으라고요. 그냥 읽으면 가피를 입을 것이요, 어느 결엔가 알게 된다고요.

 그런 방식에는 동의할 수 없습니다. 그냥 읽으면 경을 그냥

시시한 인생은 없다

덮게 됩니다. 경전을 읽는 방식을 바꿨습니다. 천천히 읽어가면서 경전 속 등장인물이 되어 보려고 해 봤고, 가만히 들여다보았습니다.

대체 무얼 말하려는 것일까.

행간을 읽고, 문장과 문장 사이에서 마음을 내려놓고 가만히 들여다보았습니다. 그랬더니 읽혀지더군요. 경전이 말하려는 것을 알아채게 되더군요.

이번에는 관점을 바꿨습니다.

동사(動詞)로 관심사를 바꿔보았습니다. 가령, '분노'에 관한 경전 이야기가 아닌, '화내다'는 것을 경전은 어떻게 보고 있을까, '늙음'이 아니라 '나이들다'로, '자비'가 아닌 '배려하다'로 경을 읽어 가면 어떨까.

명사가 아닌 동사로 만나는 경전은 뭔가 달랐습니다. 내 현재와 닿아 있었고, 그래서 한결 경전과 친숙해지는 기분이 들었습니다. 경전에 담긴 수많은 내용들을 경전에만 담아 두지 않고 그걸 꺼내어 사람들에게 들려주기가 쉬워졌습니다.

"당신의 지금 그 행위를 불교 관점에서 이렇게 볼 수 있대요."

밀교신문에 연재하고 있는 원고들을 손보고 제목을 새롭게 다는 작업은 설레면서도 걱정스럽기까지 했습니다. 독자들이 익히 알고 계신 경전 속 이야기도 제법 있기 때문입니다. 이왕 이면 한 번도 읽히지 않은 내용들을 소개해보자 생각도 해 봤지 만, 경을 읽을수록 이미 알고 있다고 생각한 내용들 속에서 새 삼 반짝하는 일깨움의 순간을 맛보았습니다. 그 짜릿하고 달콤 한 순간을 독자들과 함께하고 싶어서 용기를 내어 한 권의 책에 담아 세상에 내놓게 되었습니다.

세상은 하루가 다르게 편리해져 가고 있는데 사람들은 자꾸 힘들다고 합니다. 내가 너무 시시한 존재 같아서 저 넓은 세상으로 나아가 숨 쉬기가 두렵다고들 합니다. 그런 분들에게 붓다의 메시지를 한 번 만나보시기를 권합니다. 이 책이 도움이 되기를 바랍니다.

책으로 내보자고 제안해 주신 담앤북스의 이주하 님, 원고를 꼼꼼하게 검토하면서 소중한 의견을 내주신 김영미 님, 고맙습니다. 그리고 늘 제 글의 첫 번째 독자이면서 마지막까지 잔소리를 내려놓지 않는 김용섭 도반과 책 출간의 기쁨을 함께하고 싶습니다.

2020년 봄을 맞으며
이미령 두 손 모으고

차례

제
1
장

가치

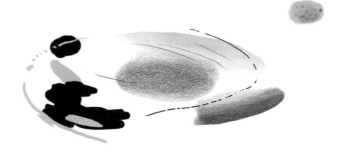

욕심과 성냄의
처방전

부처님이 활동하던 곳은 인도에서도 북쪽이었습니다. 그래서 겨울철 한밤중에는 추위가 엄습하지요. 어느 날 이른 아침, 한 바라문이 숲속을 거닐다가 부처님을 만났습니다. 그가 인사를 건넸지요.

"부처님, 밤새 편안히 주무셨습니까?"

부처님도 반갑게 인사를 건넵니다.

"예, 잘 잤습니다. 당신도 편히 주무셨습니까?"

바라문은 의아했습니다. 그 추운 겨울밤에 한뎃잠을 자는 수행자가 편히 잘 리 없기 때문입니다. 그는 물었습니다.

"부처님, 밤에는 차디찬 바람이 불어 닥치고, 땅바닥은 꽁꽁 얼어 있습니다. 얇은 천을 하나 대고 주무신 부처님께서 어찌 편안히 주무실 수 있겠습니까?"

부처님은 대답하십니다.

"마음속에 욕심과 성냄과 어리석음을 비웠기에 나는 잠을 푹 잡니다. 나는 세상에서 가장 잠을 잘 자는 사람입니다."

『앙굿따라 니까야』에 나오는 이야기입니다. 우리는 부처님처럼 지혜롭고 싶다고 말합니다. 그렇다면 이런 바람도 품을 만합니다. 부처님처럼 잠을 잘 자고 싶다고. 그러려면 마음에 짊어진 욕심과 성냄을 내려놓아야 합니다. 『상윳따 니까야』에는 이런 이야기도 있습니다.

어느 이른 아침, 한 남자가 씩씩거리며 부처님을 찾아왔습니다. 뭔가 단단히 따질 것이 있는 표정입니다. 그의 얼굴은 붉으락푸르락했고 두 눈은 붉게 충혈되어 있습니다. 남자는 밤을 홀랑 샜습니다. 자신과 종교가 다른 아내 때문입니다. 아내는 부처님에게 아주 깊은 믿음을 지니며 살아가는 여성으로, 늘 '부처님께 귀의합니다'라는 말을 입에 달고 삽니다. 좋은 일이 있어도, 힘든 일이 있어도, 기쁜 일이나 슬픈 일이나 봉변을 당하거나 무사히 변을 피했거나 그녀의 입에서는 '부처님께 귀의합니다'라는 말이 나옵니다. 남편은 그런 아내가 못마땅했습니다. 하지만 아내는 다른 것은 다 양보해도 자신의 믿음만큼은 양보하지 못하겠다고 말합니다.

그러던 어느 날, 남편이 자신이 섬기는 수행자들을 집으로 초대했습니다. 아내는 정성껏 음식을 만들었습니다. 하지만 그들에게 음식을 올리는 그 자리에서도 아내의 입에서 나직하게 들리는 소리는 '거룩한 부처님께 귀의합니다'였습니다. 초대받은 수행자들은 몹시 언짢아서 돌아갔습니다. 남편은 견딜 수가 없었습니다. 자신을 무시해도 유분수지, 이런 날에까지 저렇게 염불하는 것은 인내의 한계를 넘어서는 일이었습니다.

"이 한심한 사람아! 내가 네 스승이란 자의 입을 닥치게 만들겠다."

홧김에 모진 소리를 퍼부었습니다. 그런데 아내는 오히려 태연스레 대꾸합니다.

"부처님을 한 번 뵙기만 해도 내게 염불하지 말란 말은 하지 못할 거예요. 그러니 일단 부처님께 가 보세요. 직접 만나면 분명 어떤 깨달음을 얻게 될 거예요."

차라리 화를 내며 따지고 든다면 대판 싸움을 벌여서 치받는 분노를 풀어내기라도 할 텐데 아내는 화를 내지도 않습니다. 남편의 화는 이제 부처님을 향했습니다. 자신을 이렇게 화나게 만든 원인 제공자가 분명해지자 그의 분노는 더욱 끓어올랐습니다.

'부처라는 이가 뭐기에 이토록 나를 화나게 하는가.'

밤새 분노에 달아올라 잠자리에 누워서도 뒤척거렸습니다. 어서 잠들어야 하는데 부처를 생각하면 정신이 말똥말똥해졌습니다. 자신의 잠마저도 앗아가 버린 그자를 생각하니 또다시 부아가 치밀어 올랐습니다.

'그자가 뭔데 이리도 날 힘들게 하는가.'

이런 생각에 사로잡히자 울적해졌습니다. 깊은 밤, 잠자리에서 편히 잠을 이루지 못하는 자신이 가엾기까지 했습니다. 결국 홀랑 밤을 새워버린 그는 날이 밝기도 전에 집을 나섰습니다. 부처님을 찾아갔지요. 절이 있는 숲으로 달려가는 그에게는 '네가 죽든지 내가 죽든지 둘 중에 하나다'라는 생각뿐이었습니다.

마침내 그 '부처'라는 이 앞에 도착했습니다. 그런데 정작 자신을 괴롭힌 그 장본인은 '대체 무슨 일이 벌어지기라도 했냐'는 듯 고요하고 평화로웠습니다. 그런 표정의 부처를 보자 다시금 분노가 솟구쳤지요. 그는 다짜고짜 이렇게 따졌습니다.

"무얼 죽여야 편히 잘 수 있습니까? 무얼 죽여야 슬프지 않겠습니까?"

짐작하건대 이 남자는 부처님에게 살의를 품었을 것입니다. 간단한 인사조차도 건네지 않고 느닷없이 '죽인다'라는 말을 물음으로 쏟아냈으니 말입니다.

부처님은 이 남자를 가만히 바라보다가 낮은 목소리로 말했습니다.

"분노를 죽이면 잘 잘 수 있습니다. 분노를 없애면 슬프지 않습니다."

그런 질문을 기다리고 있었다는 듯 조금도 머뭇거리지 않고 나온 대답입니다. 남자는 말문이 막혔습니다. '대체 무슨 일인데 이리도 화가 나서 날 찾아왔느냐'고 되물을 줄 알았습니다. 그러면 '당신 때문'이라고 남자는 대답할 것이고, 그러면 부처님은 '그게 왜 나 때문이냐'고 따질 것이고, 남자는 기다렸다는 듯이 부처님에게 지독한 욕설을 퍼붓거나 뭔가 행동을 취해서 분풀이를 할 생각이었습니다.

그런데 부처님은 마치 남의 일이란 듯 태연하게 대답했습니다. 그리고 그 대답 앞에서 남자는 할 말을 잃었습니다. 맞는 말이기 때문입니다. 남편은 무엇이 불만이었을까요? 아내가 자신과 달리 부처님을 믿어서? 그렇다면 부처님을 믿은 것이 남편에게 무슨 피해를 입혔을까요? 아내의 염불은 어제오늘 일이 아니었습니다. 그저 '하지 말라'는 자신의 말을 듣지 않는 것이 화가 났을 뿐입니다. 아내는 살림도 잘 하고, 식구들 건사도 잘 합니다. 자신과 다른 신앙을 지니고 살아가는 것이 마음에 들지 않을 뿐입니다. 자신의 종교적 지도자 앞에서 습관처럼 나온 아내의 염불은 흘려들으면 그만이었습니다. 세상에는 많은 일이 자신을 괴롭힙니다. 하지만 그런 것들에는 눈 감고 귀 닫고 지내왔으면서 아내의 염불에 불같이 화를 내고 있습니다. 그렇다면 밤새 자신을 뜨겁게 달아오르게 만든 원인 제공자는 누구고, 무엇이었을까요?

그걸 부처님은 낱말 하나로 정의해 버렸습니다.

"분노!"

누구 때문이 아니라 분노 때문에 잠들지 못한 것입니다. 설령 어떤 감정에 사무치더라도 잠자리에 들 시간에는 잠을 자야 합니다. 화는 다음 날에 내도되니까요. 그런데 낮에 품었던 감정을 여전히 안고 있으려니 밤에 할 일, 즉 잠들지 못하는 것입니다.

그렇다면 우리는 왜 화를 낼까요? 그건 화가 맛있기 때문입니다. 불같이 화를 내는 일이 좋기 때문입니다. 그게 정말 싫다면 우리는 화를 내지 않을 것입니다. 상대방이 마음에 들지 않아서 화를 낸다고 하지만 마음속을 가만 들여다보면 벌컥 화를 내는 것이 본인은 좋기 때문입니다. 부처님은 남자에게 이렇게 말했습니다.

"분노의 뿌리에는 독이 있지만, 꼭지에는 꿀이 묻어 있습니다."

벌컥 화를 내는 것이 꿀처럼 달콤하기 때문에 그 맛에 취해서, 그 맛을 탐해서 벌컥 벌컥 화를 냅니다. 하지만 그렇게 화를 내다보면 우리는 분노의 뿌리에 도사리고 있는 독을 마시고 맙니다. 분노가 결국 그 당사자를 집어 삼키는 것이지요. 부처님은 말합니다.

"분노를 죽이십시오. 성자는 그것을 아름답게 여깁니다. 분노를 죽이면 슬프지 않습니다."

남자는 부처님에게서 그 답을 듣는 순간 무릎을 꿇었습니다.

주변에는 잠을 잘 자지 못하는 사람들이 많습니다. 자긴 자더라도 푹 자지 못해서 늘 피곤합니다. 이런저런 이유 때문에 불면의 밤을 보내고 나서 지친 몸을 이끌고 하루를 살아야 하는 것이 보통 사람들입니다. 잠 앞에 장사 없다고 하지요. 세상에서 가장 무거운 것이 눈꺼풀이라고 합니다. 그럼에도 불구하고 잠을 이루지 못하는 심정은 오죽할까요? 불면증의 원인은 다양하고, 그 처방전 역시 사람마다 증세마다 다르겠지만 부처님은 이렇게 처방전을 쓸 것입니다.

"마음에서 욕심과 성냄을 내려놓으시오."

내려놓겠다고 해서 쉽게 내려지냐고 따질지도 모르겠지만 달리 방법은 없는 것 같습니다. 앞서도 말씀드렸듯이 욕심을 부리고 화를 낼 시간은 내일도 있으니까요. 그러니 잠을 잘 시간에는 잠을 자는 것이 옳겠습니다.

우리는 왜 화를 낼까요?

그건 화가 맛있기 때문입니다.

불같이 화를 내는 일이 좋기 때문입니다.

그게 정말 싫다면 우리는 화를 내지 않을 것입니다.

상대방이 마음에 들지 않아서 화를 낸다고 하지만

마음속을 가만 들여다보면 벌컥 화를 내는 것이

본인은 좋기 때문입니다.

부처님은 남자에게 이렇게 말했습니다.

"분노의 뿌리에는 독이 있지만,

 꼭지에는 꿀이 묻어 있습니다."

돈 을 벌 다

덧없는 재물로
가치 있는 삶을 사는 법

석가모니 부처님이 살아 계시던 시절, 인도 16 강대국 가운데 꼬살라국이 있습니다. 그 나라를 다스리던 빠세나디왕이 어느 날 한낮에 먼지를 뒤집어쓰고 지친 모습으로 부처님을 찾아왔습니다.

"어서 오십시오. 왕께서 지금 한창 바쁠 시간인데 어떻게 오셨습니까? 어디 다녀오는 길입니까?"

부처님이 반갑게 맞이하자 왕은 부처님께 인사를 올리고 한쪽으로 물러나 앉아서 이렇게 말했습니다.

"세존이시여, 저는 지금 어떤 백만장자의 집에 다녀오는 길입니다. 그는 재산을 상속할 자식 없이 세상을 떠났습니다. 그래서 제가 그의 재산을 거두러 다녀오는 길입니다."

경전을 읽다보면 재미있는 사실을 알게 됩니다. 인도 사회에서 아들을 선호하는 이유를 만나기 때문입니다. 아들을 낳지 않으면 집안 대대로 내려오는 가업을 물려줄 수도 없고, 그에 따른 모든 인맥이나 재산을 물려줄 수 없습니다. 그래서 유독 아들을 찾는 것 같습니다. 왕이 이날 방문한 백만장자도 그런 사람이었습니다. 그런데 왕이 부처님에게 들려주는 말이 흥미롭습니다.

"그 백만장자는 어마어마한 자산가였습니다. 그에게는 금이 팔백만 냥이나 있었습니다. 금뿐만 아닙니다. 다른 보석들도 그만큼 있었습니다. 게다가 보석만 있는 것이 아니라 값을 따질 수 없을 정도로 진귀한 것들이 집안을 빼곡하게 채우고 있었습니다."

그렇게 많은 재산을 거느리고 살았으니 얼마나 잘 먹고 잘 입고 호화롭게 지냈을까요? 하지만 그는 자린고비였습니다. 왕은 이렇게 말합니다.

"그렇게 재산이 많았는데도 그는 제대로 된 밥상을 차려서 먹지 않았습니다. 쌀겨로 죽을 끓여 먹었습니다. 그리고 옷도 한 벌만 고집해서 다 낡도록 입었고 해지면 꿰매 입었고, 그가 타고 다닌 수레는 어찌나 낡았는지 수레라 볼 수가 없을 정도입니다. 나뭇잎으로 그 위를 덮어서 쓰고 있었습니다."

이 정도면 자린고비 수준을 넘어서도 한참 넘어섭니다. 하지만 흉을 볼 수도 없습니다. 그만큼 아낀 덕분에 그렇게 많은 재산을 모을 수 있었을 테니 말입니다.

부처님은 이 사람에 대해서 어떻게 생각할까요? 뜻밖에도 이렇게 말씀하십니다.

"참으로 안타깝습니다."

절약하며 살아서 장하다고 할 줄 알았는데 안타깝다고 합니다. 부처님은 재물에 관해서 이렇게 말합니다.

"헤아릴 수 없이 많은 재산을 모아도 그 백만장자처럼 한 푼도 쓰지 않는 사람이 있습니다. 그런 사람들은 자신을 위해서 돈을 절대로 쓰지 않습니다. 자신을 위해서 쓰지 않으니 가족이나 주변 사람들을 위해 쓸 생각이 전혀 없을 뿐만 아니라 좋은 곳에 보시할 생각도 없습니다. 재물이란 것은 어떻게든 사라지게 마련입니다. 그 자신이 쓰지 않으면 자연재해를 입거나 왕이나 도둑에게 빼앗기거나 원하지 않는 상속자에게 흘러갑니다. 그가 살아생전에 스스로도 재물을 쓰고 즐기며, 가족과 주변 사람들에게도 넉넉하게 베풀고, 나아가 보시하면서 재물을 썼다면 그나마 다행입니다. 하지만 그게 아까워 움켜쥐기만 했다면 그 백만장자의 경우처럼 죽은 뒤에 재물은 속절없이 사라집니다."

부처님은 언제나 그러하듯이 비유로써 말씀을 이어갑니다.

"왕이여, 이런 비유를 들어보겠습니다. 가령 깊은 산속에 연못이 있다고 합시다. 그 연못물이 아무리 맑고 시원하고 물맛이 좋다고 하더라도 사람들이 맛보지 못하고, 그 물로 더위를 식히지도 못하며, 필요에 따라 쓰이지 못한다면 그 물은 말라버리고 말 것입니다. 재물도 이와 꼭 같습니다. 어마어마한 재물을 쌓고 모았다 하더라도 자신을 위해서도 쓰지 않고 부모와 배우자, 자식과 친구와 친척들에게도 쓰지 않고 수행자에게 공양 올리지도 않고 승가나 이웃에 널리 보시하지도 않으면, 그 재물은 허망하게 말라 버립니다. 참으로 어리석은 사람입니다. 자신을 위해서도 쓰지 않고 남에게 주지도 않기 때문입니다. 제대로 쓰이지 않았으니 그가 죽은 뒤에 그렇게 허망하게 다른 이가 가져가고 마는 것입니다. 반대로 깊은 산속의 다디단 연못물을 사람들이 찾아와서 마시고 필요에 따라 사용한다면 그 물은 제대로 쓰였다고 할 것입니다. 그러니 현명한 사람이라면 부지런히 모은 재산을 제대로 써야 합니다."

초기경전인 『상윳따 니까야』에 실린 이야기입니다. 백만장자의 죽음과 관련한 이 이야기에는 재물을 바라보는 부처님 입장이 담겨 있습니다.

첫째, 재물은 어떻게든 사라지게 마련이라는 것입니다. 이 세상에 영원한 것은 없습니다. 재물 또한 예외는 아닙니다. 그 재물을 모은 당사자가 써서 없애거나, 그렇지 않으면 자연재해로 사라지거나 합니다. 이도저도 아니면 원치 않는 사람이 가져가 버립니다. 백만장자는 아까워서 한 푼도 쓰지 않았지만 그가 죽자 왕이 고스란히 거둬가는 것이 그 좋은 예입니다.

둘째, 재물을 모으는 이유는 쓰기 위함이라는 것입니다. 깊은 산속에 청량한 연못이 있다 해도 그 물을 아무도 마시지 않는다면 연못은 저절로 말라 버릴 것이라는 비유를 들어 이 세상에 있는 그 어떤 것이라도 사람에게 쓸모가 없으면 존재할 의미가 없다는 것이 부처님 생각임을 알 수 있습니다. 돈을 왜 벌어야 할까요? 즐겁고 행복하게 살기 위해서는 돈이 필요하기 때문입니다. 그러니 돈을 벌었다면 그 돈으로 즐겁게 살아야 합니다.

셋째, 재물을 가지고 즐기는 데에도 차례가 있습니다. 위의 부처님 말씀에 따르면 즐거움을 누리는 순서가 있으니, 자기 자신-부모님-배우자와 자식-친구와 친척-수행자, 공양-보시의 순입니다. 스스로가 무엇이 좋은 것인지 전혀 알지 못한다면 다른 사람을 행복하게 해주는 데에도 서툴 것입니다.

넷째, 불교에서 그토록 강조하는 보시의 순서가 한참 뒤라는 사실입니다. 일단 스스로가 그 재물로 행복하게 즐기고, 주변 사람들과도 행복하게 누린 이후에 보시하라는 것입니다.

우리가 재물을 모으는 이유는 무엇보다 스스로 가난을 벗어나기 위함입니다. 불자로서 이웃을 위해 보시하는 것은 참으로 아름다운 덕목입니다. 경전에서는 헤아릴 수 없이 보시를 강조합니다. 보시하면 다음 생에 천상에 태어난다(生天)는 수식어가 꼭 따릅니다. 하지만 다음 생에 생천하려고 공덕을 쌓는 데에만 급급한 나머지 현재 자신과 가족이 계속 궁색하게 살아가게 된다면 어떨까요? 세상을 살아가는 데 맛난 음식을 먹고 좋은 옷을 입고 즐거운 여행도 하면서 누리는 소소한 행복을 포기하면서 오직 다음 생을 위한 공덕 쌓기에만 몰입한다면, 이건 좀 생각해봐야 할 문제 아닐까요?

다섯째, 우리는 죽을 때 단 한 푼의 돈도 가져가지 못한다는 사실입니다. 그렇게 돈을 모으느라 일평생 아등바등 살았지만 정작 삶을 마칠 때에는 빈손으로 간다는 것이 허망하기 짝이 없습니다. 그런데 경전을 보면 죽은 사람을 따라가는 것이 딱 하나 있습니다. 바로 그 사람이 지은 업입니다. 선업이든, 악업이든 그가 생전에 한 일(업)이 죽은 자를 따라간다는 것입니다. 다행이라면 정말 다행이지만, 아차 싶기도 합니다. 돈을 벌면서 혹은 돈을 쓰면서 악업을 짓지는 않았는지 돌아봐야 하기 때문입니다. 벌면서 선업을 짓고, 모은 재물을 가지고 선업을 짓는 데 썼다면 우리는 다음 생이 두렵지 않습니다. 그 선업의 즐거운 과보가 무르익어 찾아올 테니까요.

경전을 보면 부처님은 재가불자에게 가난을 칭송하거나 무소유를 주장하지 않습니다. 오히려 부지런히 땀을 흘려 제 힘으로 돈을 벌어서 넉넉하고 행복하게 살 것을 권합니다. 자신이 떳떳하게 살아오고 있음에 자부심을 느끼면 거기서 커다란 행복을 느낄 것이요, 나아가 여유롭게 가정을 이끌면 또 거기서 행복을 느낄 것이며, 나아가 그 재물로 다음 생의 여유로움까지 챙긴다면 행복은 세 곱절이나 됩니다.

어차피 덧없는 인생, 덧없는 재물입니다. 하지만 재물을 가지고 어떤 삶을 사느냐에 따라 우리 삶의 가치는 달라진다는 것이 부처님 입장입니다.

어마어마한 재물을 쌓고 모았다 하더라도
자신을 위해서도 쓰지 않고
부모와 배우자, 자식과 친구와
친척들에게도 쓰지 않고
수행자에게 공양 올리지도 않고
승가나 이웃에 널리 보시하지도 않으면,
그 재물은 허망하게 말라 버립니다.

나이든다는 것의
열다섯 가지 비유

인도 땅 바라나시에 대부호가 살고 있었습니다. 대부호에게는 마하다나라는 이름의 아들이 있었습니다. 너무나 많은 재산을 가지고 있었기 때문에 마하다나는 일을 할 필요가 없었습니다. 부모가 물려준 재산으로 평생을 즐기면 그만이었습니다. 부모는 마하다나에게 일을 가르쳐주지 않고 어떤 기술이나 학문조차도 가르치지 않았습니다.

한편, 같은 도시에 마하다나 집안만큼 부유한 대부호가 또 한 사람 있었는데, 그 집에는 외동딸이 있었습니다. 이들 역시 딸에게 어떤 것도 가르치지 않았습니다. 두 집안의 아들과 딸이 결혼을 했습니다. 갓 결혼한 부부는 세상 물정 모르고 물려받은 재산으로 행복하게 지냈습니다. 그런데 오래지 않아 양가 부모가 세상을 떠났습니다. 젊은 부부는 깊은 슬픔에 잠겼지만 이내 잊었습니다. 부모가 물려준 재산으로 즐기기에도 인생이 짧았기 때문이죠.

하지만 재산이란 것은 덧없었습니다. 평생을 써도 못다 쓸 정도로 많다고 여겼지만 이들 부부가 돈 관리를 전혀 하지 못한다는 소문이 돌자 그들의 돈을 노리는 자들이 접근했고, 순식간에 전 재산을 다 잃고 말았습니다. 결국 이들은 집안을 채우고 있던 가재도구까지 다 팔아치웠고, 끝내 살던 집마저 비워줘야 했습니다. 평생 직업을 가져본 적이 없어서 제 손으로 돈을 벌 줄 몰랐고, 부부는 밥을 빌어서 허기를 때우며 근근이 연명했습니다. 그렇게 늙어갔습니다.

어느 날 아침, 탁발에 나섰던 부처님은 이 늙은 부부를 보시고 살며시 미소를 지었습니다. 이들은 추레한 행색으로 남의 집 담벼락에 기대서 얻어온 밥을 먹고 있던 중이었습니다. 부처님의 특징 가운데 하나는 큰소리로 웃지 않는다는 점입니다. 늘 평온한 표정으로 지내지만 아주 짧은 순간에 보일 듯 말 듯 미소를 짓는 경우가 있습니다. 부처님의 미소에는 까닭이 있습니다. 즐거워서 웃는 것이라기보다는 어떤 인연을 살펴보셨다는 뜻입니다. 아난다 존자가 그 모습을 놓치지 않고 여쭈었습니다.

"세존이시여! 저 불쌍한 걸인 부부를 보시더니 웃음을 지으셨습니다. 무슨 까닭입니까?"

부처님은 대답했습니다.

"아난다여, 저 부부가 보이느냐? 저들은 어렸을 때나 젊었을 때나 혹은 장년이 되었을 때 아무 것도 배우지 않았고 노력하지도 않았다. 어떻게 세상을 살아가야 하는지를 몰랐고 재산을 모으는 방법은 물론이요 지키는 법도 몰랐다. 결국 재산을 탕진하고 말았다. 저들이 출가하여 수행자가 되었더라면 깨달음을 이루어서 세상의 존경을 받을 수도 있었는데 그 모든 기회를 다 놓치고 말았다. 저렇게 아무 일도 이뤄놓지 않고 버려진 인생이 되고 말았구나."

부처님은 『법구경』에서 하릴 없이 인생을 낭비해버린 노부부를 가리켜서 이렇게 노래합니다.

젊었을 때 수행자의 길도 걷지 않고
재물도 모으지 않았다면
물고기 한 마리 살지 않는 연못가에서
늙은 왜가리처럼 죽어갈 것이다.
부러져 쓸모없는 화살처럼
옛일이나 그리워하며 세월을 낭비할 뿐이다.

젊어서는 젊음 그 자체가 재산입니다. 하지만 젊음은 오래 가지 않습니다. 그래서 한 살이라도 젊었을 때 부지런히 평생의 양식을 모아야 합니다. 그러지 않고 허송세월했다면 그 노후는 안 봐도 빤합니다. 나이만 먹고 살집만 불렸을 뿐, 머리는 텅 빈 걸인 노부부의 모습을 보면 알 수 있습니다.

나이 들고 늙어지면 몸이 말을 듣지 않습니다. 온갖 병마가 찾아오고 언제나 몸 여기저기가 아픕니다. 아픈 몸을 이끌고 전과 다름없이 움직여보지만 굼뜨고 실수 연발이라 세상의 비웃음 받기 십상입니다. 늙으면 다 그렇다며 세상을 향해 이해를 해달라고 부탁하지만 세상은 나이든 사람의 굼뜬 모습을 곱게 봐주지 않습니다. 결국 넌 늙어봤냐? 난 젊어봤다는 노래까지 나오게 됐지만 이 역시 나이든 나를 좀 봐달라는 안타까운 하소연에 지나지 않습니다.

『대반열반경』에는 늙음을 바라보는 세상의 이런 시선을 열다섯 가지 비유로 들려줍니다.

첫째, 늙음은 우박을 맞은 연꽃과 같습니다. 연못을 가득 채운 아름다운 연꽃도 우박을 맞으면 시드는 것처럼 늙는 것도 그와 같아서 장성하던 기색이 시들어버리기 때문입니다.

둘째, 강대한 이웃나라 왕에게 끌려가는 임금과 같습니다. 늙음은 사람의 푸르른 청춘 모습을 붙잡아서 죽음이라는 왕에게 끌고 가기 때문입니다.

셋째, 꺾어져 쓸모없어진 차축과 같습니다. 늙음도 그와 같으니 세상에 쓰이지 못합니다.

넷째, 산더미처럼 쌓여 있던 보석 더미를 도둑떼에게 다 빼앗긴 부잣집과 같습니다. 늙음도 그와 같으니 장성하던 기색을 어느 결엔가 도둑에게 빼앗긴 것과도 같습니다.

다섯째, 가난한 사람이 값비싼 음식과 화려한 의복을 바라더라도 얻지 못하는 것과 같습니다. 늙음도 그와 같으니 부귀와 쾌락을 누리고 싶어도 누리지 못합니다.

여섯째, 뭍에 있는 거북이가 항상 물을 생각하는 것과 같습니다. 사람도 나이 들어 시들면 언제나 젊었을 때 누리던 쾌락을 그리워합니다.

일곱째, 갓 피어나면 누구나 좋아하지만 일단 시들면 모두에게 천대받는 연꽃과 같습니다. 늙음도 그와 같으니 장성한 때 사람들이 사랑했던 모습도 늙어지면 모두들 꺼립니다.

여덟째, 즙을 다 짜서 아무 맛도 나지 않는 사탕수수와도 같으니, 늙으면 세 가지 맛이 없어집니다. 즉, 출가하는 맛과 경을 외는 맛과 참선하는 맛입니다.

아홉째, 밤에는 찬란하게 빛나더라도 한낮에는 빛을 내지 못하는 보름달과 같습니다. 장성했을 때에는 잘 생기고 아름답다 칭찬 들었어도 나이 들면 쭈그러지고 주름지고 정신이 흐릿해집니다.

열째, 어떤 왕이 나라를 잘 다스리다가 적국에게 패하여 다른 나라로 도망치면, 그 나라 사람들이 '대왕께서 지난날에는 나라를 잘 다스리더니 어쩌다 이렇게 되었습니까'하며 애석해합니다. 늙는 것도 그와 같으니, 노쇠함에 져버리면 젊었을 때의 일을 그리워만 합니다.

열한째, 기름에 의지하는 등불은 기름이 사라지면 불이 꺼집니다. 사람도 그와 같으니 젊음이라는 기름에 의지해 지내지만 그 기름이 다하면 노쇠의 심지가 무슨 힘을 쓰겠습니까.

열두째, 사람이나 동물에게 아무런 도움이 되지 못하는 말라 버린 강처럼, 사람도 늙으면 어떤 일을 하여도 세상에 이익을 줄 수 없습니다.

열셋째, 강 언덕에 위태롭게 선 나무는 폭풍을 만나면 쓰러집니다. 사람도 그와 같으니 늙음의 언덕에 이르고 나서 죽음의 폭풍이 불면 버티고 서 있지 못합니다.

열넷째, 수레의 굴대가 꺾이면 무거운 짐을 실을 수 없습니다. 그처럼 사람도 늙으면 그 어떤 선한 법도 받아 지닐 수 없습니다.

열다섯째, 어린 아이가 사람들에게 무시당하듯이, 사람도 늙으면 항상 세상의 업신여김을 받습니다.

늙음의 비유가 참으로 생생합니다. 경전에서는 연장자를 존경하고 존중하라고 권합니다. 하지만 정작 나이든 당사자에게는 늙음이란 이런 것인 줄 알아차리라고 합니다. 설마 내가 이 열다섯 가지 비유의 삶을 살게 될까 싶지만 아무도 비켜갈 수 없습니다. 태어났다면 모두가 걸어가야 할 인생길입니다.

그렇다면, 나이 들어 추레해지는 자신의 모습에 비관할 필요는 없겠습니다. 원래 그러니까요. 그 대신 그저 쇠함으로 나아가 보다는 무르익는 길을 선택하는 것이 어떨까 합니다. 바로 오늘이 앞으로 남아 있는 날들 중에서 가장 젊은 날입니다. 그러니 더 미룰 수 없습니다. 성실하게 일하며 정당하게 돈을 벌어서 넉넉한 노후를 대비하는 일도 지금 해야 합니다. 어느 정도 생계가 해결됐다면 뜻 있는 곳에 보시를 하는 일도 지금 해야 합니다. 죽은 뒤 다음 세상에 재물을 가져갈 수 없지만 재물로 지은 선업은 그를 따라갑니다. 그리고 마음공부도 부지런히 해야겠습니다. 『법구경』에서는 마음공부를 하지 않고 나이만 먹는 것을 이렇게 노래합니다.

배운 것이 거의 없는 사람은
숲에 버려진 황소처럼 늙어 가리니
살덩이와 살가죽이나 기를 뿐
지혜는 절대로 늘어나지 않는다.

'배운 것이 거의 없다'는 말은 대학과 같은 교육기관에서의 공부가 아니라 마음공부를 하지 않은 것을 가리킵니다. 노쇠의 삶을 사시겠습니까, 성숙한 삶을 사시겠습니까. 나이 드는 것이 몸이 쇠하는 길이더라도 마음이 무르익어간다면 그 얼마나 아름다운 삶이겠습니까.

젊었을 때 수행자의 길도 걷지 않고
재물도 모으지 않았다면
물고기 한 마리 살지 않는 연못가에서
늙은 왜가리처럼 죽어갈 것이다.
부러져 쓸모없는 화살처럼
옛일이나 그리워하며 세월을 낭비할 뿐이다.

_『법구경』

베푸는 마음을
연습하기

불행하다는 말은 반갑지 않습니다. 우리는 행복하게 살고 싶으니까요. 그런데 가만 생각해 보면, 불행하다는 말보다 더 반갑지 않은 말이 있습니다. 그건 '박복하다'입니다. 불행과 박복의 차이점을 분명하게 드러내기는 어렵지만 박복하다는 말 속에는 인생의 최악이 느껴집니다. 불행하다면 열심히 노력해서 행복한 삶을 살아갈 여지라도 있지만, 박복한 인생은 먼지만한 행운도 누릴 여력이 없다는 뉘앙스가 느껴집니다. 경전을 읽다보면 대체로 복을 많이 쌓은 사람, 복을 많이 짓고 있는 사람들 이야기를 자주 만납니다. 풍요롭게 살면서 이웃에게 베풀고 승가에 기꺼이 공양 올리는 사람, 생계 걱정을 하지 않고 수행의 삶을 살아가는 사람들이 많이 등장합니다. 심지어 엄청난 부자도 등장하는데, 스스로도 풍요로움을 누릴 줄 모르고, 남에게도 베풀 줄 모르다가 부처님과 수행자들을 만나 가르침을 듣고 개과천선한다는 결론으로 이어지는 예도 많습니다.

그런데 정말 박복한 인물도 드물게 나옵니다. 가섭 존자가 만난 할머니가 그 주인공입니다. 태어나서 지금까지 단 한 번도 가난을 벗어난 적이 없고, 평생 이 집 저 집 떠돌아다니면서 품팔이로 근근이 연명해 온 할머니입니다. 가족도 없습니다. 그러니 집이랄 것도 있을 리 만무입니다. 쓰레기 더미를 대충 파서 만든 굴을 집으로 삼고 있고, 언제부터 입었는지 모를 넝마가 그녀가 가진 전부입니다. 실과 바늘조차도 없어서 해지고 찢어진 대로 그냥 견디다 보니 어느 사이 거의 반벌거숭이 차림이 되었습니다. 사람들은 이런 할머니를 마주치기라도 하면 전염병 환자를 만난 것 보다 더 기겁을 하고 피해 달아납니다.

힘이 있을 때는 밥이라도 빌어먹으러 다녔지만 이젠 나이 들어 그럴 기력조차도 없습니다. 쓰레기 더미 속에 누운 채 몇 날 며칠을 견디다 쓰레기를 버리러 온 사람들이 머리맡에 던져주고 가는 음식 찌꺼기로 끼니를 때울 뿐입니다. 질기디 질긴 그 목숨이 끊어질 때까지 할머니는 굶주린 배를 움켜쥐고 쓰레기 더미 속에서 눈을 감았다 떴다 할 뿐입니다. 젊은 시절에는 이런 자신이 처량해서 울기도 많이 울었습니다. 세상을 원망하며 온갖 악담을 퍼붓기도 했습니다. 재산이 없는 건 그렇다 치고, 피붙이조차도 없는 신세입니다. 박복하다 박복하다 한들 이보다 더할까 싶었습니다. 하지만 박복한 인생을 저주하는 것도 다 젊은 시절의 호기입니다. 허리가 굽어지고 백발이 되도록 이렇게 살아오다 보니 이제는 그저 지금 감기는 눈이 영원히 떠지지 않았으면 하는 마음뿐입니다.

그런데 이 할머니를 며칠 전부터 곁에서 지켜보는 사람이 있었습니다. 바로 가섭 존자입니다. 그는 할머니의 수명이 며칠 남지 않은 것을 알고 있었습니다. 평생 가난하게 살아온 할머니의 마지막 자리도 외롭고 쓸쓸할 것이 분명합니다. 가섭 존자는 할머니가 세상을 떠나기 전에 딱 한 번만이라도 좋으니 복을 지을 수 있기만을 간절히 바랐습니다. 그래서 할머니 귀에 들리도록 이렇게 크게 말했습니다.

"복을 지으십시오. 복을 지으면 행복합니다. 이번 남은 생도 행복하고 다음 생도 행복합니다."

할머니는 이 말을 듣자 더 슬퍼졌습니다.

"복을 짓고 싶어도 지을 수가 없습니다. 세상에서 가장 가난하고 불행한 팔자입니다. 남에게 뭔가를 베풀고 싶어도 베풀 것이 없으니 이 얼마나 박복한 인생입니까?"

가섭 존자는 대답했습니다.

"베풀 게 없는 삶이 가난한 인생은 아닙니다. 베풀려는 마음만 있으면 그 사람은 이미 부자입니다. 자신이 지은 복이 없음을 알고 부끄러운 줄 알면 그는 이미 가사를 입은 것과 다르지 않습니다."

가섭 존자의 말을 들은 할머니는 용기를 냈습니다. 얼마 전에 어느 부잣집 하인이 할머니 밥그릇에 부어주고 간 쌀뜨물이 생각났습니다. 쉰 냄새가 진동했지만 자신이 가진 것이라곤 그것뿐이요, 남에게 줄 것도 그것뿐이었습니다. 할머니는 조심스레 물었습니다.

"스님, 이 쉰 쌀뜨물이 제게 있습니다. 이것이라도 받으시겠습니까?"

할머니는 머뭇머뭇 가섭 존자에게 쉰내가 폴폴 풍기는 음식을 내밀었습니다. 존자는 공손히 합장하고 그 쉰 쌀뜨물을 자신의 발우에 받았습니다.

그 순간 존자에게 이런 생각이 떠올랐습니다.

'지금 이 할머니 앞에서 먹어야 한다. 내가 다른 곳에 가지고 가면 할머니는 분명 내가 음식을 버릴 것이라 생각할지도 모른다. 그렇다면 할머니는 더 큰 불행에 빠지게 된다.'

가섭 존자는 할머니 앞에서 천천히 발우를 입으로 가져갔습니다. 그리고 한 방울도 남기지 않고 들이마셨습니다. 쉰 냄새에 얼굴을 찡그릴 법도 한데 산해진미를 먹는 것처럼 아주 맛나게 쌀뜨물을 다 마시고 나서 그는 할머니에게 인사했습니다.

"잘 먹었습니다. 이 음식이 할머니에게 얼마나 소중한 것인지 잘 압니다. 세상에서 이런 귀한 보시를 할 사람이 몇이나 되겠습니까? 고맙습니다. 이 음식은 제게 힘을 주었습니다. 음식을 주신 것에 대한 보답으로 저는 열심히 수행하여 사람들에게 행복과 평온의 길을 알리는 데 더욱 정진하겠습니다."

할머니는 귀를 의심했습니다. 쉰 쌀뜨물을 발우에 부어 준 것뿐인데, 이 행위가 수행자에게 공양을, 보시를 했다는 것입니다. 평생 남에게 얻어먹으며 지내온 할머니입니다. 남의 집 대문 앞을 기웃거리다가 욕과 함께 날아오는 썩은 밥덩이를 눈물로 삼키며 세상을 저주하며 살아온 인생입니다.

남에게 베푼다? 그건 생각조차 해보지도 못했습니다. 할머니는 스스로를 '얻어먹을 팔자를 타고났지 남에게 나눠줄 팔자는 아니다'라며 여겨왔습니다. 박복하기 이를 데 없어 복을 짓기는 고사하고 까먹을 복조차도 없는 인생이라고 여기며 평생을 살아왔습니다.

그런데 지금 가섭 존자는 그런 할머니에게 고맙다고 인사를 합니다. 지금까지 살아오면서 할머니가 남에게 고맙다는 인사를 받아본 적이 있었던가요. 누군가를 도와준 적이 단 한 번도 없으니 인사를 받아본 적이 있을 리 없습니다. 마음에 기쁨이 차오르는 모습을 지켜본 가섭 존자는 할머니에게 물었습니다.

"참으로 커다란 복을 지으셨습니다. 할머니는 어떤 과보를 받고 싶습니까? 원하시는 대로 그리 될 것입니다."

할머니는 합장을 하고 말했습니다.

"가난하게 태어나 밑바닥 인생으로 평생 살아왔습니다. 이 세속의 삶이 지긋지긋합니다. 다음 생에는 천상의 신으로 태어나 눈부시게 빛나는 삶을 살고 싶습니다."

가섭 존자가 말했습니다.

"그리 될 것입니다. 할머니는 전 재산이나 다름없는 음식을 베풀었습니다. 그리고 베푼 뒤에는 커다란 기쁨을 일으켰고 원을 세웠습니다. 할머니의 바람처럼 될 것입니다."

할머니는 가섭 존자를 향해 합장하고 깊이 허리를 숙였습니다. 그리고 조용히 삶을 마쳤습니다. 이 이야기는 『경율이상』(제13권)과 『불설마하가섭도빈모경(佛說摩訶迦葉度貧母經 : 가섭존자가 가난한 할머니를 제도한 경)』에 나옵니다.

평생 자신의 박복함을 탓하며 살아오다 세상을 떠나기 직전에 단 한 번 복을 지은 할머니 이야기는 많은 생각을 하게 합니다.

첫째, 복을 지으려 해도 지을 수가 없다고 생각하기 보다는 지금 내가 할 수 있는 복을 짓겠다고 마음을 내야 한다는 사실입니다. 복 짓는 일을 남이 대신 할 수 없습니다.

둘째, 남에게 베푸는 재물의 규모보다 남에게 베풀겠다고 마음을 내는 것이 더 중요하다는 사실입니다. 빈부는 재물의 유무나 재산의 과다가 아니라 남에게 베풀 마음이 있느냐 없느냐의 차이라는 것을 경전에서는 헤아릴 수 없이 강조하고 있음을 기억해야 합니다. 만일 지금 누군가에게 뭔가를 베풀 마음을 내었다면 당신은 가난한 사람이 아니라고 경에서는 말합니다.

셋째, 하지만 아무리 베풀 마음을 내었다 해도 지금 무일푼이라면 어떨까요? 그래도 복을 지을 기회는 있습니다. 그것은 누군가가 선업을 짓고 복을 지을 때 기뻐해주는 일입니다. 함께 기뻐해주는 일, 한문으로는 수희(隨喜)라고 합니다. 얼마 전 스리랑카의 한 사찰에 갔을 때 마을 사람들이 부처님 사리탑에 공양물을 올리는데 주변 사람들이 그 공양물에 두 손을 갖다 대고 머리를 조아리며 합장을 했습니다. 비록 자신의 공양물은 아니지만 함께 공양에 참여한다는 몸짓이었습니다. 다른 이가 복을 짓고 선업을 지을 때 기뻐해주는 일, 이 역시 우리가 짓는 복입니다.

이런 복마저 지을 수 없을 때 박복하다고 하겠지요. 그렇다면 세상에 박복한 이는 한 사람도 없습니다. 복을 지어 행복하고, 남이 복 짓는 모습에 기뻐해서 더 행복한 것, 이것이 불교입니다.

불행하다는 말은 반갑지 않습니다.
우리는 행복하게 살고 싶으니까요.
그런데 가만 생각해 보면,
불행하다는 말보다 더 반갑지 않은 말이 있습니다.
그건 '박복하다'입니다.
불행과 박복의 차이점을
분명하게 드러내기는 어렵지만
박복하다는 말 속에는 인생의 최악이 느껴집니다.
불행하다면 열심히 노력해서
행복한 삶을 살아갈 여지라도 있지만,
박복한 인생은 먼지만한 행운도
누릴 여력이 없다는 뉘앙스가 느껴집니다.

'발심'에 담긴
의미

어떤 남자가 먼 곳으로 장사를 하러갔다가 큰돈을 벌었습니다. 그런데 배를 타고 돌아오던 중에 그만 바다에 그 많은 돈을 몽땅 빠뜨리고 말았습니다. 남자는 낭패를 보고 말았지요. 하지만 이 남자는 뭍에 이르자마자 커다란 물통을 구해서 다시 바닷가로 나아갔습니다. 사람들이 물었지요.

"아니, 뭘 하려는 게요?"

"전 재산을 잃어버린 바다로 무엇 하러 다시 나가는 게요? 나 같으면 두 번 다시 바다로 나아가지는 않을 텐데."

남자는 외쳤습니다.

"내가 그토록 고생해서 번 돈을 이대로 날릴 수는 없소. 바닷물을 다 퍼내서라도 그 재물을 반드시 찾고야 말 테요."

남자는 날마다 바다로 나가서 바닷물을 퍼냈습니다. 하루도 거르지 않고 조금도 쉬지 않았습니다. 이 모습을 지켜보던 사람들은 수군거리기 시작했습니다. 전 재산을 다 잃더니 그만 미쳐 버린 것이 아니냐는 것이지요.

하지만 남자는 사람들의 조롱과 수군거림에도 아랑곳하지 않았습니다. 그저 날마다 바다로 나가서 물을 퍼내 산으로 날라 부었습니다. 이 모습을 지켜보던 바다의 신이 결국 나섰습니다. 여느 사람의 모습으로 변장하고 이 남자를 찾아와서 말했습니다.

"설령 그대가 지금 이 바닷물을 다 퍼낸다고 해도 이 바다에는 육지에서 수천수만 갈래 물줄기가 흘러들고 있소. 그대가 퍼내는 그 이상으로 물이 흘러드는데 그래도 이걸 다 퍼내겠다는 것이오?"

남자의 대답은 오직 하나였습니다.

"그렇소. 난 하겠소. 해내겠다는 마음 하나면 되지 않겠소. 언젠가는 바닷물이 다 마를 날이 올 것이라 믿소."

바닷물을 다 퍼낼 수는 없습니다. 하지만 그렇게 하겠다고 결심하고 덤벼드는 데 당해낼 수가 없습니다. 결국 바다의 신은 이 남자의 결심과 정성에 감동해서 바다 밑으로 가라앉은 재물을 꺼내주었습니다.『불본행집경』에 실린 이야기입니다.

우리는 어떤 특별한 계기가 생기면 새로운 결심을 합니다. 결심(決心)이라는 말, 무엇인가를 하겠다고 굳게 마음을 먹는 것이지요. 작심(作心)이라는 한자어도 같은 뜻입니다.

경전에서는 결심이나 작심보다 발심(發心)이란 말을 더 많이 씁니다. 그런데 이 발심에는 앞의 두 글자와는 다른 뜻이 담겨 있지요. 발심이란 말 그대로 '마음을 낸다'는 뜻입니다. 결심이나 작심보다 그 단단함이 덜한 것처럼 느껴지지만 발심은 여느 사람들이 마음먹는 것과는 차원이 다릅니다.

발심이란 깨달음을 얻겠다고 마음을 내는 것입니다. 그런데 이때의 깨달음은 단순히 '지혜'를 뜻하지 않습니다. 웬만한 성자의 지혜보다 훨씬 차원이 높은, 부처님의 경지인 가장 완전한 깨달음을 말합니다. 부처님 지혜를 아뇩다라삼약삼보리(위없이 바르고 완벽한 깨달음)라고 부릅니다. 발심은 아뇩다라삼약삼보리를 얻겠다고 마음을 내는 것이요, 한 마디로 말해서 '부처가 되겠다는 마음'을 낸다는 것입니다.

이렇게 정리해 보면 더 흥미롭습니다.

발심
발보리심
발아뇩다라삼약삼보리심

사람들은 생로병사의 파도 속에서 울고 웃다가 마음의 의지처를 찾아 절에 가서 신도로 등록하고 생전 처음 기도하는 것을 발심이라고 합니다. 틀린 말은 아닙니다. 그 말도 맞습니다.

하지만 경전을 읽어보면 발심은 그 정도가 아닙니다. 그동안의 신앙생활과 수행생활에 아주 커다란 전환점을 맞는 것입니다. 그동안의 기도와 수행이 자기와 자기 주변사람들을 위한 것이었다면, 이제 조금 더 눈을 크게 뜨고 세상을 살피고 마음을 크게 열겠다는 다짐입니다. 그래서 기도를 하더라도 나를 위한 기도가 아니라 세상 사람들을 위한 기도를, 수행을 하더라도 나를 위함은 물론이거니와 이웃을 위해 수행을 하겠노라고 다짐하는 것입니다. 이런 사람을 가리켜 보살이라고 말합니다. 결국 발심이란 세상의 행복을 위해 내 자신을 기꺼이 바치겠노라고 마음을 굳게 먹는 보살의 행동이요, 그 목적은 부처가 되는 것입니다. 차이점이 느껴지시나요?

새해가 되면 붉게 떠오르는 태양을 바라보며 사람들은 자신과 가족의 건강과 행복을 빕니다. 그런데 불자라면 이웃과 세상이 건강해지고 행복해지고 지혜로워지기를 빕니다(발원). 빌기만 하는 것이 아니라 그들이 그렇게 건강하고 행복하고 지혜로워지도록 적극적으로 두 팔을 걷고 나섭니다(보살행). 그래서 발심은 발원으로 이어지고, 발원은 보살행으로 나아갑니다. 간혹 어떤 사람들은 이해하지 못하겠다는 듯 이렇게 묻기도 합니다.

"지금 당장 내가 힘들고 괴로워서 불보살님께 도움을 요청하는데, 이런 내가 어떻게 남들 걱정까지 해야 하나요? 난 그럴 능력도 없고 그럴 마음의 여유도 없습니다. 일단 나부터 살고 봐야하지 않겠어요?"

　이런 생각도 맞습니다. 어쩌면 보살행이니 뭐니 하는 것보다 더 현실적이란 생각도 듭니다. 그러나 조금만 더 생각해보면 세상이 혼탁하고 살기 힘든데 나와 내 가족이 어떻게 행복해질 수 있을까요? 세상이 병들었는데 나와 내 가족이 온전해질 수 있을까요? 보살은 바로 이 지점을 응시합니다. 결국 나와 내 가족이 행복해지기 위해서 세상이 행복해져야 한다는 데에 생각이 미치는 것이지요. 이웃과 세상의 행복을 내 행복으로 삼으면서 나의 이로움과 다른 이들의 이로움을 함께 챙기는 것입니다.

　그렇다면 또 이런 것도 궁금해집니다. 저들의 행복을 다 챙겨주자면 내가 부처되는 공부와 수행은 언제 하겠느냐는 것이지요. 걱정하지 마십시오. 앞서 바닷물을 퍼내던 남자 이야기가 암시하는 것도 이와 같습니다. 하겠다고 작정하고 달려드는 사람 앞에는 누구라도 두 팔을 걷고 도와주게 되어 있다는 것이지요.

　이웃의 행복을 위해 내가 들인 정성과 노력이 하나하나 차곡차곡 쌓여 그것이 나를 부처로 이끈다는 것입니다. 즉, 저들이 행복해지도록 도움을 준 내 보살행이 부처가 되는 데 필요한 공덕이 된다고 경전은 말합니다. 나의 힘든 삶이 편안해지고 행복해지도록 불보살님께 기도합니다. 이런 기도는 임시처방일 뿐입니다. 이웃과 세상을 위해 저들이 행복해지기를 발원할 뿐만 아니라 저들이 행복해지도록 두 팔을 걷고 뛰어들어야 합니다. 그런 기도를 올려야 합니다. 이런 이치를 전해 듣고 "그래,

나도 한 번 그렇게 살아보겠어!"라고 마음을 일으키는 것이 바로 발심입니다.

『대방등대집경』에는 이와 같은 발심에 대해 자세하게 설명하고 있는데, 보배라는 이름의 어린 여성(寶女)이 사리불 존자에게 발심을 해야 하는 서른두 가지 이유를 들려줍니다. 그 중에 몇 가지를 소개하면 다음과 같습니다.

모든 생명체를 구제하려고 발심합니다. 부처님 씨앗이 끊어지지 않고 부처님 법을 잘 간직해서 없어지지 않게 하려고 발심합니다. 모든 생명체들에게 고귀한 진리의 즐거움을 나누려고 발심하며, 모든 생명체를 위해 커다란 슬픔(大悲心)을 일으켜 번뇌에서 생기는 저들의 온갖 괴로움을 멀리 떠나게 하려고 발심합니다. 그리고 이 세상에 존재하는 모든 생명체를 위해 스스로 보시와 지계와 인욕과 정진과 선정과 지혜 바라밀을 얻겠다고 발심합니다. 이 여섯 가지 바라밀을 닦는 이유는 중생들도 자신처럼 바라밀을 닦게 하기 위함입니다.

나아가 보살은 모든 중생들의 교만을 깨뜨리게 하려고 발심하며, 온갖 생명체들의 성향을 두루 알기 위해 발심하니, 그래야 효과적으로 그들을 도와줄 수 있기 때문입니다. 설령 자신을 두렵게 하는 존재라도 그를 보호하려고 발심하며, 부처님 지혜를 가까이 해서 얻는 미묘한 즐거움이라도 중생이 원한다면 기꺼이 저버릴 수 있으려고 발심합니다.

여전히 내 마음은 남을 위해 사는 보살의 길에 들어서기가 망설여집니다. 하지만 경전을 읽어가자니 일단은 한번 그렇게 마음을 내야겠다는 생각도 듭니다. 나는 보살로 태어났다는 생각, 그래서 이번 생은 보살로 살아가야겠다는 생각, '나는 불보살님의 가피가 절실한 중생'이라는 생각이 사무치지만 보살인 척 하는 마음이라도 내어보아야겠다는 생각입니다. '이번 생은 망했다'가 아니라 '이번 생은 보살이다'. 불교는 이런 다짐을 권합니다.

발심이란
깨달음을 얻겠다고 마음을 내는 것입니다.
그런데 이때의 깨달음은
단순히 '지혜'를 뜻하지 않습니다.
웬만한 성자의 지혜보다 훨씬 차원이 높은,
부처님의 경지인 가장 완전한 깨달음을 말합니다.

부처님 지혜를
아뇩다라삼약삼보리(위없이 바르고 완벽한 깨달음)
라고 부릅니다.
발심은 아뇩다라삼약삼보리를 얻겠다고
마음을 내는 것이요,
한 마디로 말해서 '부처가 되겠다는 마음'을
낸다는 것입니다.

제
2
장

노 력

종교적 가난을
침묵하는 당신에게

어느 날 부처님께서 제자들을 불러 물었습니다.

"이 세상의 범부들은 욕망으로 살아가는 사람들이다. 이런 범부들에게 가난이란 괴로움이겠지?"

제자들은 대답했습니다.

"그렇습니다. 욕망을 채우기 위해 살아가는 사람들인데 가난하다면 그것보다 더 힘든 것도 없을 것입니다."

부처님은 다시 물었습니다.

"그렇다면, 재산이 하나도 없는 가난한 사람이 이자를 내겠다고 약속하고서 빚을 진다면 어떻겠는가? 그 이자 또한 범부들에게는 괴로움일 테지?"

"예, 그렇습니다. 가난한 데다 빚까지 지고, 빚을 졌는데 이
자까지 물어야 하니 아주 커다란 괴로움일 것입니다."

"그런데 이자를 내기로 약속하고 빚을 진 가난한 사람이 제
때에 이자를 갚지 못했다고 하자. 그렇다면 이자를 갚으라는 독
촉에 시달릴 텐데, 이 역시 그 가난한 사람에게는 커다란 괴로
움일 테지?"

"예, 그렇습니다. 빚을 진 것도 힘든 데 이자까지 제때 내지
못해 독촉을 당한다면 가난한 범부에게는 너무나도 큰 괴로움
일 것입니다."

"그런데 독촉을 당해도 이자를 제때 내지 못한다고 하자. 그
러면 더욱 심한 추궁이 가해질 텐데 가난한 범부에게는 이것 또
한 커다란 괴로움일 테지?"

"예, 그렇습니다. 밤낮없이 이자를 갚으라며 위협이 가해질
테니 아주 괴로울 것입니다."

부처님은 여기서 한 걸음 더 나아가 말했습니다.

"그런데 그렇게 지독하게 추궁을 당하면서도 이자를 갚지 못
한다면 분명 그 가난한 범부는 신체에 제약을 당할 것이다. 옥
에 갇히거나 의롭지 못한 이들에게 몸의 자유를 빼앗길 것인데,
이 또한 가난한 범부들에게는 말할 수 없는 괴로움일 테지?"

"예, 그렇습니다. 세존이시여. 가난해서 빚을 졌는데 이자를
갚지 못해 끝내 옥에 갇히거나 신체 자유를 빼앗긴다면 그보다

더 큰 괴로움은 없을 것입니다."

『앙굿따라 니까야』에서 부처님은 재산이 없음에도 돈을 쓰지 않을 수 없는 사람들의 현실이 불러오는 악순환을 이렇게 차분하게 들려주고 있습니다. 세속을 떠난 부처님이 돈과 관련해 하신 말씀을 더러 만납니다. 지금으로부터 2,600여 년 전, 인도 사회에는 이미 돈이 사람들 삶에 깊숙하게 들어오지 않았나 싶습니다. 그때나 지금이나 사람들의 삶은 바뀌지 않았습니다. 돈을 벌기 위해 하루를 다 바치고, 그렇게 인생을 보냅니다. 가난한데도 돈을 써야 할 곳은 줄어들지 않으니 결국 남에게 돈을 꿔서라도 소비해야 하는 것이 우리들 보통 사람들의 삶입니다. 그래서 부처님은 재가불자들에게 부지런히 힘써 노력하여 정당하게 돈을 벌라고 권합니다. 돈을 벌어야 자신과 가정이 화목해질 수 있고, 이웃과 사회에 떳떳할 수 있고, 보시할 수도 있으니 말입니다.

그런데 가난의 고통에서 출발한 이 법문은 돈을 벌어야 한다는 말씀으로 이어지지 않습니다. 부처님은 말씀하십니다.

"바로 그렇다. 가난은 사람들에게 아주 힘들고 고통스러운 일이다. 가난해서 이자를 약속하고 빚을 지고, 이자를 갚지 못해 독촉 당하고, 독촉을 당하면서도 이자를 갚지 못해 심한 추궁에 시달리고, 그래도 갚지 못해 끝내 자유를 빼앗기는 것은 사람들에게 아주 힘들고 고통스러운 일이다. 선(善)에 대해서도 똑같이 말할 수 있다."

이어지는 법문에서는 잘못을 저지르는 자가 더욱 나쁜 상태로 자신을 몰아가는 여섯 단계를 하나씩 설명하고 있습니다.

첫째, 선한 것에 대해 믿음이 없고, 자신이 한 행동을 잘 헤아리지 못할 뿐만 아니라 선하지 못한 자신의 행동을 부끄러워할 줄 모른다면 그것은 성자의 세계에서 가난한 사람입니다. 세속에서는 돈이 없는 것이 가난이지만 진리의 세계에서는 선하고 악한 것을 분별할 줄 모르고 자기 행동을 부끄러워할 줄 모르는 것이 가난입니다. 즉 선한 행동(선업)을 하지 않거나 무엇이 선한 일인지 모르는, 지혜가 부족한 상태를 종교적 차원에서는 가난이라 정의한다는 것입니다.

둘째, 그런데 선과 악을 분별할 줄 몰라 자신의 잘못에 부끄러움이 없고, 나아가 선한 일을 하려고 노력하지도 않으며 또한 어리석어서 어떤 것이 선인지 몰라 몸과 입과 뜻으로 잘못을 거듭 짓습니다. 이것이 성자의 세계에서는 이자를 약속하고 빚을 지는 것입니다. 몸과 입과 뜻으로 악업을 짓는 것을 세속의 가난한 사람이 빚을 지는 것에 빗댄 것이 흥미롭습니다.

셋째, 몸과 입과 뜻으로 악업을 지었다면 자신의 잘못을 얼른 반성하고 다른 이에게 고백해야 할 텐데 그러지 못한 경우가 비일비재합니다. 자신의 잘못을 남들에게 들키지 않으려고 오히려 더 그릇된 행동을 하게 됩니다. 이것이 성자의 세계에서는 이자를 갚는 고통이라고 말합니다. 매달 이자를 갚아야 하는데 갚지 못하면 이자는 눈덩이처럼 커져만 갑니다. 자신의 잘못을 감추려고 더욱 더 잘못을 저지르고 악업을 짓게 되는 것을 이렇게 비유하고 있습니다.

넷째, 그리하여 눈덩이처럼 커져만 가는 잘못을 언젠가는 벗에게 들키고 맙니다. 착한 벗이 그의 행동을 알아채고 지적을 하게 되는데, 이것이 바로 성자의 세계에서 독촉 당하는 것이라고 말합니다.

다섯째, 자신의 잘못을 감추려고 더욱 그릇된 행동을 일삼은 결과, 이런 자신을 질책하는 선량한 벗도 이제는 반갑지 않습니다. 가급적 그런 벗을 피해서 사람들이 별로 오가지 않는 곳을 다니게 됩니다. 하지만 그런 인적 드문 곳을 다니다 보면 떳떳하지 못한 자신의 처지에 더욱 분노하고 자조하면서 마음에 사악한 생각을 품게 되며, 이런 생각은 점점 커져만 갈 것입니다. 이것을 가리켜서 성자의 세계에서 추궁을 당하는 것이라고 말합니다.

여섯째, 행여 선량한 벗의 질책을 피해서 다닌다 하더라도 자신의 잘못에 따라오는 괴로운 결과까지 피할 수는 없는 법입니다. 이번 생에 그 과보를 받거나 그렇지 않으면 다음 생에라도 괴로운 과보를 받게 됩니다. 경전에서는 그것을 가리켜서 "지옥이나 괴로운 곳, 파멸의 경지로 떨어지며, 삼악도에 떨어져 벗어나기 어려우니 마치 삼악도의 밧줄에 묶여 자유를 잃는 것과 같다"라고 말합니다. 선을 알지 못해 악업을 거듭한 자가 삼악도에 떨어져 헤어나지 못하는 것을 이처럼 가난한 자가 빚을 갚시 못해 끝내 속박 당하는 것에 비유하고 있습니다. 삼악도란 세 가지 악한 길이란 뜻입니다. 지옥, 아귀, 축생의 세계인데, 악업을 지으면 장차 받게 될 괴로운 과보의 세계를 말합니다.

불교는 심오한 진리를 들려주고 해탈의 경지를 일러줍니다. 그런데 그 경지는 웬만큼 수행하지 않으면 도달할 수 없습니다. 그래서 수많은 사람들은 해탈의 경지 같은 것에는 관심조차 두지 않고 그저 세속 세계에서 살아온 대로 살아가는 것을 최선이라 여기지요.

초기경전인『앙굿따라 니까야』에서는 그런 사람들에게 무엇이 선한 것이고 악한 것인지를 분별하라고 촉구합니다. 그리고 선한 끝을 믿지 못하고 함부로 행동한 사람들의 결과가 얼마나 비참한지를 세속 사람들이 이해하기 쉽도록 빚과 가난으로 풀어서 들려주고 있습니다. 사실, 세상을 살아가자면 잘못을 저지르지 않을 수 없습니다. 먹고 사는 일에 얽매이다 보면 잘못인 줄 알면서도 저지르는 것이 우리들 범부입니다. 선업만 짓고 살자면 자신은 떳떳해서 좋은지 몰라도 가족들이 고충을 겪습니다. 악업 짓기를 피하기 어려운 세속 범부들의 삶, 이것이 바로 세상의 한계입니다. 부처님도 인정하시는 것 같습니다. 문제는, 악업을 지은 뒤입니다.

부처님은 이런 사람들의 잘못을 지적하는데, 이럴 때 경전의 문장을 가만히 살펴보면 뜻밖에도 '부끄러운 줄 모른다'는 것을 가장 크게 질책하십니다. 잘못을 저질렀더라도 부끄러운 줄 알고 자신의 잘못을 고백하고 뉘우치며 새롭게 선업을 지어야 하는데, 그러지 못한다면 그게 정말로 문제라는 것입니다.

설령 잘못을 저질렀고, 계율에 어긋나는 행동을 했더라도, 그것을 진정으로 부끄럽게 여긴다면 그 사람은 같은 실수를 되풀이 하지 않기 때문입니다. 그래서 부끄러운 줄 아는 것은 그 사람을 윤리적으로 거듭 나게 하는 아주 중요한 요소입니다. 사소한 잘못에서 부끄러움을 느끼지 못한 결과, 여섯 단계를 차례로 밟아가는 이들의 삶이 어떨지 눈에 보입니다. "온갖 속박에서 풀려나 위없는 평화를 얻은 내가 볼 때 그보다 더 무시무시한 장애는 없다"라고 부처님도 말씀하셨지요.

무엇이 선인지, 무엇이 악인지도 모르는 사람. 잘못을 저지르고도 뉘우칠 줄 모르고, 부끄러운 줄 모르는 사람. 종교적 차원에서 가난한 사람은 바로 이런 사람입니다.

오늘 내가 살아온 자취를 찬찬히 살펴보면서 잘잘못을 가려보고 잘한 일에는 스스로 대견하게 여기고, 잘못한 일에는 선업을 쌓지 못해 가난해졌음을 한탄하고, 선악을 분별하지 못한 지혜의 가난을 탄식하는 일. 종교인이라면, 불자라면 이런 가난을 두려워해야겠습니다.

사실, 세상을 살아가자면
잘못을 저지르지 않을 수 없습니다.
먹고 사는 일에 얽매이다 보면
잘못인 줄 알면서도 저지르는 것이 우리들 범부입니다.
선업만 짓고 살자면 자신은 떳떳해서 좋은지 몰라도
가족들이 고충을 겪습니다.
악업 짓기를 피하기 어려운 세속 범부들의 삶,
이것이 바로 세상의 한계입니다.
부처님도 인정하시는 것 같습니다.
문제는, 악업을 지은 뒤입니다.

나를 망칠 수 있는
마음

부처님이 깨달음을 이루신 뒤 고향 까삘라바스뚜를 찾았을 때 아들 라훌라를 만났습니다. 당돌하게도 라훌라는 사람들 속에 둘러싸여 있는 부처님 앞으로 나가서 이렇게 말했지요.

"아버지, 제게 재산을 물려주세요."

사람들은 경악했습니다. 진리의 스승인 부처님에게 도저히 요구할 수 없는 것이 어린 아들 입에서 나왔기 때문입니다. 그런데 아버지인 부처님은 당황하기는커녕 오히려 기다리기라도 한 듯이 대답했습니다.

"그래. 네게 재산을 물려주마."

그리고 사리불 존자를 불러서 이 아이의 머리를 깎으라고 일렀습니다. 아버지에게서 엄청난 재산을 물려받으리라 생각한 어린 아들은 그길로 스님이 되어버렸습니다. 왕자님이 아니라 스님이라 불리는 신세가 된 라훌라 속마음이 어떠했을까요?

부처님의 친아들이라고 하면 승가 안에서는 금수저 중에서도 금수저라 할 수 있습니다. 하지만 부처님은 라훌라를 당신의 친아들로서 특별히 대하지 않았습니다. 그저 여느 어린 수행자들과 조금도 다르지 않게 여겼습니다. 진리의 길에 먼저 도달해서 그 길을 일러주는 스승과 뒤늦게 스승의 지도를 받으며 진리의 길을 걸어가는 제자의 관계만을 경전에서는 보여줍니다.

하지만 사람들은 달랐습니다. 라훌라를 볼 때면 무조건 '부처님 출가 전의 외아들'이란 생각이 먼저 떠올라 더 조심스럽고 공손히 대했습니다. 하지만 그가 사소한 실수라도 하면 으레 뒤에서 숙덕거렸습니다.

일곱 살 어린 나이에 원하지도 않은 출가를 '당한' 라훌라는 수행자로서 당연히 갖춰야 할 몸가짐을 익히기보다는 어쩌면 아버지에 대한 반항심에서 제멋대로 행동했을 수도 있습니다. 경전 주석서에는 라훌라에 대해서 좋지 않은 소문이 돌았다는 내용이 있기 때문입니다. 어느 사이 그의 행동은 사람들 입에 오르내렸습니다.

"아니, 자기가 부처님 친아들이면 다야? 저렇게 함부로 행동해도 괜찮은 거야?"

"아주 버릇이 없어. 사람을 가지고 놀잖아!"

"라훌라가 하는 말은 믿지 마. 골탕 먹기 딱 좋거든."

"부처님 친아들만 아니라면…."

라훌라에 대한 그런 좋지 않은 소문을 부처님께서 듣지 못했을 리 없습니다.

어느 날, 부처님은 한낮의 명상에서 일어나신 뒤 라훌라가 머물고 있는 숲을 찾았습니다. 라훌라는 기쁜 마음에 달려나가 존경하는 스승이자 아버지인 부처님의 발을 씻겨 드리려고 물을 받아 왔습니다. 부처님은 라훌라가 정성스레 두 발을 다 씻겨 드리자 물그릇을 기울여 물을 조금 쏟은 뒤에 물었습니다.

"라훌라야, 너는 지금 물그릇에 물이 조금 남아 있는 것을 보고 있느냐?"

"예, 세존이시여. 보았습니다."

"라훌라야, 일부러 거짓말하고서도 부끄러워할 줄 모르는 사람도 이와 같다. 그런 사람은 수행자로 살아간다 하더라도 이렇게 그릇에 조금 남은 물만큼이나 하찮은 사람일 뿐이다."

부처님은 다시 물그릇을 완전히 기울여 물을 다 비운 뒤에 다시 물었습니다.

"라훌라야, 너는 조금 전에 남아 있던 물이 다 버려진 것을 보았느냐?"

"예, 세존이시여, 보았습니다."

"라훌라야, 일부러 거짓말을 하고서도 부끄러워할 줄 모르는 사람도 이와 같다. 그런 사람은 수행자로 살아간다 하더라도 바닥에 다 버려진 물처럼 쓸모가 없다.”

다시 부처님은 빈 물그릇을 바닥에 뒤집어엎으신 뒤에 물었습니다.

“라훌라야, 너는 이 물그릇이 뒤집혀진 것을 보고 있느냐?”

“예, 세존이시여, 보았습니다.”

“라훌라여, 일부러 거짓말을 하고서도 부끄러워할 줄 모르는 사람도 이와 같다. 그런 사람은 수행자로 살아간다 하더라도 뒤집혀진 그릇처럼 쓸모가 없다.”

다시 부처님은 엎어진 물그릇을 바로 세운 뒤에 라훌라에게 물었습니다.

“라훌라야, 너는 이 물그릇이 비어 있는 것을 보고 있느냐?”

“예, 세존이시여, 보았습니다.”

“라훌라야, 일부러 거짓말을 하고서도 부끄러워할 줄 모르는 사람도 이와 같다. 그런 사람은 수행자로 살아간다 하더라도 물이 비워진 그릇처럼 바닥나고 빈 존재일 뿐이다.”

『맛지마 니까야』「암발랏티까에서 라훌라를 가르친 경」의 내용입니다. 수행자로서 살아가는 사람은 계를 깨서는 안 됩니다. 하지만 세상을 살다보면 어쩔 수 없이 혹은 자신도 모르게 계율에 어긋나는 행동을 할 수도 있습니다.

문제는 계율을 어긴 이후, 윤리적이지 못한 행동을 저지르고 난 이후의 마음가짐입니다. 부처님의 당부는 바로 여기에 초점이 맞춰져 있습니다.

① 부끄러워할 줄 알아야 한다.

② 부끄러워할 줄 모르는 사람은 물그릇에 조금 남은 물처럼 하찮은 존재다.

③ 부끄러워할 줄 모르는 사람은 다 버려진 물처럼 의미 없는 존재다.

④ 부끄러워할 줄 모르는 사람은 엎어진 그릇처럼 쓸모없는 존재다.

⑤ 부끄러워할 줄 모르는 사람은 텅 빈 그릇처럼 어떤 훌륭한 공덕도 담고 있지 못하는 존재다.

⑥ 심지어 부끄러워할 줄 모르는 사람은 그 어떤 악한 짓도 거리낌 없이 저지를 것이다.

경전에서는 이런 차례로 강조하고 있습니다.

부처님은 아들이 태어나자마자 출가하고 말았습니다. 참 매정하기도 합니다. 하지만 부처님은 아버지의 의무를 저버리지 않았습니다. 사랑하는 외아들에게 세상에서, 아니 세상 밖에서라도 가장 고귀한 것을 안겨주고 싶었습니다. 누구나 똑같이 울고 웃으며 살아가는 세상. 적어도 당신의 자식은 특별히 가치 있는 삶을 살기를 바랐습니다. 그래서 출가수행의 길을 권한 것입니다.

그렇다고 출가하여 수행자로 살기만 하면 되는 것이 아니었습니다. 끝없이 자신을 성찰해서 스스로도 완성되고, 세상 사람들에게도 진정한 행복을 일러주는 스승이 되도록 노력해야 합니다. 자신에게도 이롭고 타인에게도 이로운 사람, 이것이 바로 아버지인 부처님이 아들에게 바라는 모습이었습니다. 그런 아버지가 아들에게 당부하고 또 당부한 미덕이 바로 부끄러워할 줄 알라는 것입니다.

왜 이렇게 부끄러운 줄 알아야 하는 걸까요? 부처님은 한걸음 더 나아가 코끼리를 비유로 들면서 말씀하십니다.

"전쟁터에 나간 코끼리가 자신에게 가장 소중한 코를 다치지 않기 위해 애를 쓰는 경우를 생각해 보자. 아무리 용맹하게 전쟁에 임하더라도 그래서 헤아릴 수 없이 많은 적들을 무찌른다고 하더라도 코끼리는 자신의 코를 보호하기 위해 애를 쓴다. 자신의 코가 곧 자기 목숨과도 같다고 여기기 때문이다. 그런데 목숨처럼 소중한 코를 함부로 여기고 휘두른다면 사람들은 이 코끼리가 하지 못할 짓이 없다고 여길 것이다. 이처럼 일부러 거짓말을 하고서도 부끄러워할 줄 모르는 사람은 전쟁터에서 자신의 코를 함부로 휘두르는 코끼리와 같아서 사람들은 그를 보고 그 어떤 사악한 짓이라도 함부로 저지를 사람이라고 여길 것이다."

부끄러움은 가장 마지막까지 지켜야 할 덕목이니, 부끄러운 줄 모르는 사람은 결국 자신의 가치를 스스로 저버려 남들의 보호도 받지 못하게 된다는 것입니다.

자식이 잘 되기를 바라는 부모 마음은 당연합니다. 남들이 내 자식을 보고서, '아, 이 사람은 정말 자신을 소중하게 여기는 사람이구나'라고 인정하고 존중해 준다면 부모로서 얼마나 다행일까요?

자식에게 물려줄 것이 없다고 많은 부모들이 안타까워합니다. 하지만 부처님이 친아들에게 물려준 재산이 무엇인지 살펴보시면 어떨까요? 인생에서 무엇이 가장 소중한지 잘 아시는 부처님이시니, 어련히 제일 귀한 것을 자식에게 물려주지 않았을까요? 나는 그 귀한 것이 바로 '부끄러운 줄 알라'라는 가르침이라고 경에서 읽었습니다. 부처님처럼 자식에게 그걸 챙겨주는 부모가 많아졌으면 좋겠습니다.

수행자로서 살아가는 사람은
계를 깨서는 안 됩니다.
하지만 세상을 살다보면
어쩔 수 없이 혹은 자신도 모르게
계율에 어긋나는 행동을 할 수도 있습니다.
문제는 계율을 어긴 이후,
윤리적이지 못한 행동을
저지르고 난 이후의 마음가짐입니다.
부처님의 당부는
바로 여기에 초점이 맞춰져 있습니다.

유혹의
이끌림

그리스 신화에 나오는 이야기입니다. 트로이 전쟁을 승리로 이끌고 10년 만에 고향으로 돌아가게 된 오디세우스. 배를 타고 바다를 지나야 하는데 아주 큰 함정이 도사리고 있었습니다. 바다에는 노래를 부르는 사이렌이 살고 있었습니다. 그 목소리가 어찌나 아름답고 애절한지 선원들은 노랫소리에 홀려 자신도 모르게 바다로 뛰어들었습니다. 누구나 조심해야 한다고 생각하지만 정작 노랫소리를 듣는 순간 이성을 잃어버리고 맙니다. 그 유혹에 흔들리지 않는 사람이 없습니다. 오디세우스도 예외일 수 없지요. 그런데 그는 선장이며 대장입니다. 사이렌의 노래에 이성을 잃고서 엉뚱한 지시를 내린다면 자기 한 사람의 파국에서 멈추지 않는다는 사실을 그는 잘 알고 있었습니다. 그래서 선원들에게 명령을 내립니다.

"모두들 밀랍으로 귀를 막아라! 그리고 나를 돛대에 꽁꽁 묶어라! 내가 그곳을 지날 때 무슨 명령을 내리더라도 따라서는 안 되며, 나를 돛대에서 풀어주지도 말아라."

그리하여 오디세우스와 선원들은 세이렌의 노래가 울려 퍼지는 바다를 무사히 지나왔지요.

이성을 지녔는데 설마 파멸로 가는 길임을 빤히 알면서도 유혹에 이끌릴까 싶기도 하지만, 결정적인 순간에 이성은 전혀 힘을 발휘하지 못합니다. 어쩌면 이리 저리 재느라고 지친 나머지 충동적인 결정을 내릴 수도 있습니다. 인간이란 지혜롭고 이성적인 존재임과 동시에 불행을 자초하는 길인 줄 알면서도 거침없이 그 길로 내달리기도 하는 충동적인 존재이기도 합니다.

그런데 현대는 또 다른 세이렌의 노랫소리가 들려옵니다. 돈의 노래요, 소비의 노래입니다. 그러다 대부분 사람들이 결국 빚을 지고 말지요. 수많은 사람들이 저축은커녕 빚을 지고, 빚을 갚느라 또 빚을 지며 빚의 굴레에서 허덕이며 살아가게 되었지요. 결국 빚의 노래인 21세기 세이렌의 유혹 앞에 무릎을 꿇습니다.

이런 빚의 문제는 이 시대만의 고민이 아니었던 것 같습니다. 지금으로부터 2,600여 년 전 부처님의 법문을 보아도 "빚이란 커다란 고통이다"라고 말씀을 하시기 때문입니다. 게다가 그 빚의 연쇄고리에 대해서도 지금과 거의 똑같은 실태를 예로 들면서 법문을 하고 계시니 예나 지금이나 돈과 빚은 동전의 양면과 같았음을 짐작할 수 있습니다.

앞에서도 말씀드렸듯이 초기경전 『앙굿따라 니까야』에서 부처님은 제자들에게 이렇게 말씀하십니다.

"세상의 보통 사람들에게 가난은 괴로움이다. 그런데 돈 한 푼 없어서 가난한 자가 빚을 지고 이자를 약속한다면, 그 이자도 세상의 범부들에게 괴로움이다. 또한 빚을 졌는데 제때에 이자를 갚지 못한다면 독촉을 당할 텐데 이 또한 범부들에게는 괴로움이다. 나아가 빚 독촉을 받는데도 이자를 갚지 못하면 더욱 심하게 추궁을 당할 텐데 이 또한 범부들에게는 괴로움이다. 그런데 심하게 추궁을 당해도 갚지 못한다면 끝내 구속을 당하여 옥에 갇히거나 신체 자유에 제약을 받을 것이니 이 또한 괴로움이 아니겠는가."

돈을 벌어야 살아갈 수 있는 세속 범부들에게 가난은 두렵습니다. 가난해도 기본적으로 써야 할 것은 써야 하니 빚을 질 수밖에 없습니다. 그나마 꼬박꼬박 이자를 갚고 원금까지 제때 갚을 수 있다면 뭐가 문제일까요? 수많은 채무자들은 그걸 못합니다. 결국 합법적인 처벌이 가해지거나, 불법적인 폭력이 따르게 됩니다.

'가난-빚-이자-독촉-파멸'이 끝나지 않는 악순환에서 풀려날 수만 있어도 그 인생은 성공한 것이라 해도 좋을 지경입니다. 국가에서도 가난한 자들의 빚을 덜어주기 위해 이런저런 대책을 세우고 있지만 쉽지는 않습니다. 설령 다행히 빚을 갚았다 해도 세상은 또다시 빚을 지도록 유혹합니다. 아무래도 오디세우스처럼 부하들에게 자신을 돛대에 묶게 하고 자신의 명을 따르지 말라는, 자발적으로 자신의 의지를 무력화시키는 특단의 조치를 내리지 않기 전에는 해결이 나지 않을 문제입니다.

그렇다면 『증일아함경』에서 지혜를 구해 볼까요? 가장 먼저, 자신의 재정 상태를 사실 그대로 파악해야 합니다. 고집멸도 사성제 가운데 첫 번째인 고성제(苦聖諦)는 '괴로움이라는 성스러운 이치'입니다. 하지만 괴로움이 성스러울 리 만무입니다. 고성제는 괴로움을 성스럽게 보라는 말이 아닙니다. 자신의 현재 처지가 얼마나 괴롭고 힘든 상태인지를 조금도 가식 없이 사실 그대로 파악하라는 뜻입니다.

수많은 사람들은 스스로가 힘들다는 것을 인정하고 싶어 하지 않습니다. 힘들고 괴롭다는 것을 인정하면 어쩐지 지는 것 같아서 그럴까요? 그래서 얼른 어떤 위안거리를 찾아내고, 그보다 더 힘들었던 때를 떠올리거나 자신보다 더 힘든 사람을 떠올리면서 '아직은…', '그나마 나는 괜찮은데…'라며 스스로 위로할 뿐이죠. 괴로움을 인정하는 것은 괴로움에 무릎을 꿇는 것이 아닙니다. 현 상태를 사실 그대로 파악하여야만 극복하거나 해결할 길이 보입니다. 아직은 돌려막을 신용카드가 두어 장 더 있다고 스스로 위안을 삼을 것이 아니라, 이렇게 계속 빚을 져서는 안 된다는 현실진단, 이것이 고성제를 적용한 판단입니다.

두 번째로는, 세상을 향해 대책 없이 활짝 열린 자신의 감각 기관을 잘 단속하는 일입니다. 부처님은 사람들에게 눈, 귀, 코, 혀, 몸, 의지의 감각 기관을 지키라고 수없이 당부하십니다. 예쁜 것, 달콤한 것, 부드러운 것, 큼직한 것…. 한도 끝도 없이 쏟아져 나오는 유혹거리에 무방비 상태로 자신을 내던지지 말라는 것이지요.

사실 나의 주변만 둘러보아도 모든 것이 넘치고 넘칩니다. 그런데도 세상은 끝없이 신제품으로 우리를 유혹합니다. 어제는 빨간색이 대세였는데, 오늘은 "어떻게 빨간색으로 만족할 수 있지요? 노란색이어야 합니다"라며 소비자들의 지갑을 열게합니다. 분명 내일은 "파란색이 아니면 명함도 내밀지 말라"고 소비자를 겁줄 것이 틀림없겠지요. 대체 우리가 몇 가지나 지녀야 저들의 유혹도 끝이 날까요? 저들의 유혹이 끝나길 기다릴 것이 아니라 "이만 하면 됐다!"라고 내 쪽에서 먼저 '자족의 선언'을 하는 것이 더 현명하지 않을까요?

세 번째로는 끝없는 재물과 물질의 축적으로 내 삶의 가치를 매기는 일을 이제는 멈추어야 하지 않을까 합니다. 몇 평짜리 아파트에 얼마짜리 승용차로 내 인생을 평가하지 말고, 조금 다른 것으로 내 삶의 가치를 매겨보는 일입니다. 부처님은 재가신자들에게 "가난하게 실라"고 말씀하지 않으셨습니다. 부지런히 일해서 열심히 돈을 벌어 그 돈으로 자신과 가족과 이웃이 넉넉하게 살고 또 베풀고 살기를 권했습니다.

그런데 정작 부처님이 우리에게 권한 재산은 따로 있으니 일곱 가지 성자의 재물이라는 것(七聖財)입니다. 첫째는 믿음, 즉 종교적 생활을 해야 합니다. 둘째는 계율, 오계를 잘 지키며 윤리적 도덕적인 삶을 살아야 합니다. 셋째는 제부끄러움, 다시 말해 양심이 있어야 합니다. 넷째는 남부끄러움, 수치심을 느낄 줄도 알아야 합니다. 다섯째는 베풂, 다른 이와 작은 것도 나누는 행동입니다. 여섯째는 공부, 나이가 들어서도 좋은 법문이나 강좌를 들으러 다니셔야 합니다. 일곱째는 지혜, 살아오면서 쌓은 삶의 지혜에 더하여 부처님 지혜를 늘 추구해야 합니다.

유혹에 휘말려 끝없이 빚을 지고, 그러다 나락으로 떨어지고 마는 수많은 사람들, 값싸게 잘 샀다고 '득템'했다고 좋아하지만 그게 결국 빚으로 이어진다는 걸 얼른 알아차려야 하겠습니다. 유혹에 휘말리지 않고 그걸 유혹이라 알아차린다면 더 이상 빚지며 살지는 않겠지요.

"요즘 같은 세상, 빚만 안 지고 살아도 그게 어디야?"라며 자족하는 데에서 한 걸음 더 나아가 이 일곱 가지 재산을 적극적으로 쌓고 모은다면, 우리는 우아하고도 당당하고 불안하지 않는 노후를 살게 될 것입니다.

현대는 또 다른 세이렌의 노랫소리가 들려옵니다.
돈의 노래요, 소비의 노래입니다.
그러다 대부분 사람들이 결국 빚을 지고 말지요.
수많은 사람들이 저축은커녕 빚을 지고,
빚을 갚느라 또 빚을 지며
빚의 굴레에서 허덕이며 살아가게 되었지요.
결국 빚의 노래인 21세기 세이렌의 유혹 앞에
무릎을 꿇습니다.

노력해야 하는 이유
두 가지

2000년 11월, 오스트리아 산악지역의 터널 안에서 일어난 일입니다. 총 3.2킬로미터 터널 구간을 달리던 산악열차가 530미터를 전진하다가 멈춰 섰고, 갑자기 연료에 불이 붙어 열차 전체가 화염에 휩싸였습니다. 승객 대부분은 불이 난 열차에서 탈출했고, 산 위쪽 방향으로 몰려갔습니다. 그러나 터널은 이미 독한 연기로 가득 찼고, 결국 155명은 터널을 빠져나오지 못하고 목숨을 잃었습니다. 산 아래 쪽으로 몸을 피한 열두 명 만이 목숨을 건졌습니다.

3.2킬로미터나 되는 긴 터널 안에서 530미터 지점에서 일어

난 사건이라면, 단순히 생각해봐도 앞으로 계속 가기보다는 뒤로 돌아서 나오는 것이 빠릅니다. 하지만 캄캄한 터널 속에서 불붙은 열차를 탈출한 승객들은 지독한 스트레스와 불안에 사로잡혔을 테지요. 패닉 상태에 빠진 터라 정상적이고 합리적인 판단을 내릴 수가 없었을 것입니다.

독일의 정신과 의사이자 심리치료 전문가인 미하엘 빈터호프는 자신의 책에서 이 안타까운 사례를 통해 본능과 직관 두 가지를 거론합니다.

"스트레스와 위험 속에서 우리를 조종하는 것은 직관이 아니라 본능이다. 직관과 본능은 완전히 다른 신발이다. 본능은 우리로 하여금 태곳적 반응 패턴을 따르게 한다. 즉 무리를 좇아 산 아래가 아닌 산 위로 도망치는 것이다. 본능은 너무나 오래된 것이라 오늘날까지도 종종 우리를 그릇된 방향으로 몰고 간다. 많은 연습을 통해서만 본능을 이길 수 있다."*

종종 본능을 따르는 것이 최선이라고 하기도 합니다. 인류가 생명을 시작한 이래 목숨을 지키기 위해 시도한 다양한 경험치가 쌓이고 모여 이뤄진 것이 본능일 테니까요. 하지만 그때조차도 본능을 따를 것인가를 냉정하게 판단해야 합니다. 쉽지 않은 일이어서 연습을 통해야만 맹목적으로 본능을 따르는 잘못에서

---

* 미하엘 빈터호프 지음, 송소민 옮김, 『미성숙한 사람들의 사회』, 추수밭, 2016

벗어날 수 있다고 저자는 말합니다. 저자는 "그 때문에 응급의학과 의사들은 사고 현장에서 누구를 가장 먼저 치료할 것인지 결정하기 위해 본능에서 직관이 될 때까지 아주 오랫동안 훈련을 거듭한다"라고 덧붙입니다.

'훈련'이라는 말이 흥미롭습니다. 연습을 하고 또 하는 일이지요. 한두 번 해서는 되지 않습니다. 우리는 나 자신에게 좋고 편한 것을 본능적으로 선택합니다. 하지만 그것이 과연 선하고 바른 것이었는지 돌아봐야 합니다. 나에게만 좋은 것을 선택한 결과 다른 이에게 손해를 끼치고, 결국 나 자신에게도 불이익으로 다가온다면 다음번에는 그것을 선택해서는 안 됩니다. 그런데 사람들은 늘 같은 것을 선택합니다. 그리고 이웃과 자신에게 만족스럽지 못한 결과가 찾아오면 괴로워하고 울부짖습니다. 그러고도 또 같은 것을 선택합니다. 이런 악순환의 연결고리를 끊으려면 쉬지 않고 노력하고 정진해야 합니다.

노력이란 한자어에는 힘 력(力)자가 들어 있고, 정진을 뜻하는 산스크리트어 비랴(virya／팔리어로는 viriya)에도 용감하게 저돌적으로 뚫고 나간다는 뜻이 담겨 있습니다. 그래서 정진이란 말 앞에 '용맹'을 붙여 용맹정진이라는 말을 불교에서는 자주 합니다.

경전에는 정진하라는 말이 참 많이 나옵니다. 적당히 하다가 그만두는 것이 중생의 속성임을 꿰뚫어 보았기 때문일까요? 바라던 바가 금방 이뤄지면 문제 될 것이 없습니다. 그런데 어떤 바람은 시간이 필요합니다. 시간만 필요한 게 아니라 정성과 노력이 필요한 경우도 많습니다. 처음에는 들뜬 마음에 시작했지만 조금 지나다보면 처음 마음도 식어버리고, 애를 쓰는 일도 힘이 들어 관두는 경우가 잦습니다.

훈련하고 노력 정진한다는 일, 이것은 다른 말로 수행입니다. 수행하는 이유는 맹목적으로 본능을 따르지 않고, 어떤 경우라도 차분하게 상황을 직시하고 가장 바른 선택을 할 수 있기 때문입니다. 그런데 수행은 하루 이틀, 몇 번 해서 되는 것이 아닙니다. 부처와 중생의 차이를 이렇게 규정해볼까요? 부처는 훈련하고 노력 정진해서 목적을 이룬 존재요, 중생은 적당히 하다가 온갖 핑계를 대고 그만두는 존재라고요.

그러니까 연습해야 합니다. 연습을 하자면 꾀가 나기에 십상입니다. 노력해야 합니다. 쉬지 않고 노력하고 정진하는 일만이 긴급한 상황에서 스트레스와 불안에 휘말리지 않고 가장 올바른 판단으로 자신을 살릴 수가 있습니다. 그래서 자신의 판단과 행위로 자신도 이롭고 남도 함께 이로움을 얻을 수 있도록 해야 합니다. 우리가 노력해야 하는 첫 번째 이유가 바로 이것입니다.

우리가 노력하고 정진해야 하는 이유는 또 있습니다. 그건 바로, 세상에 은혜를 갚아야 하기 때문입니다. 은혜와 관련한 이야기는 참 많은데 『승가나찰소집경』의 앵무새 이야기를 들어보지요.

앵무새 한 마리가 나무에 둥지를 틀고 살고 있었는데 어느 날 갑자기 숲에 불이 일었습니다. 불이 점점 번져 온 숲을 다 태우며 급기야 앵무새 둥지가 있는 나무까지 위협하기에 이르렀습니다. 앵무새는 어떻게 해야 할까요? 여느 새들처럼 자신의 둥지를 버리고 안전한 곳으로 날아가 버리면 그만입니다. 하지만 앵무새 마음은 달랐습니다.

'나무 한 그루에 기대어 잠시 그 몸을 쉬었다고 해서 그 은혜를 갚겠다는 마음을 일으킨 새도 있다고 들었다. 하물며 나는 이 나무에 둥지를 틀고 오래도록 살아왔는데 이 불을 끄지 않아서야 되겠는가?'

앵무새는 곧장 바다로 날아가 두 날개에 바닷물을 적셔서 돌아와 불 위에 뿌렸습니다. 뿐만 아니라 주둥이에 물을 머금고 와서 뿌렸습니다. 두 날개와 주둥이에 묻혀온 물이 온 숲을 태우는 불을 끄는 데 무슨 소용이 있을까요? 하지만 죽을힘을 다해 바다로 날아가 날개에 물을 묻혀 와서 불을 끄려고 쉬지 않고 날갯짓을 하는 그 모습을 제석천이 보게 됩니다. 감동한 제석천은 앵무새를 위해 숲의 불을 꺼주었다고 하지요.

이 이야기는 『본생경(자타카)』 등 많은 경에 조금씩 다른 버전으로 실려 있습니다만, 주제는 똑같습니다. 작은 새조차도 자신이 깃들어 살던 나무의 은혜를 갚으려고 쉬지 않고 날갯짓을 했다는 것입니다. 그 노력에 하늘도 감동하여 원하는 바를 이룬다는 것이지요.

노력

지금 내가 이 세상을 살아가고 있음은 내가 쉬지 않고 일한 덕분입니다. 남보다 덜 자고 덜 먹고 힘써 노력해서 그나마 이만큼이라도 살아가고 있습니다. 오직 내 맨주먹으로 일궈낸 성공입니다.

그런데 경전에서는 세상은 나 혼자만의 힘으로 살게 되어 있지 않다고 말합니다. 굳이 경전을 거론하지 않더라도 사람들은 이 말뜻을 이해하고 수긍합니다. 내가 지금 살아 있다는 것은 나를 낳아준 부모가 있는 덕분이요, 그 부모님도 그분들을 낳아준 부모가 있습니다. 게다가 지금까지 내가 먹어온 곡식이며 채소, 그리고 육류까지 생각해본다면 이 내 한 몸을 위해 너무나 많은 것들이 도움을 주었습니다. 그뿐입니까? 내가 다닌 학교, 내가 입고 있는 옷, 내가 타고 다니는 자동차, 내가 지금 일하고 있는 직장 등등. 따지고 보면 이 세상은 나 혼자만의 힘이 아닌, 수많은 힘이 잘 엮여져 짜인 그물과도 같습니다. 나는 넓디넓은 그물에서 하나의 작은 코에 지나지 않습니다. '지나지 않는다'라고 말했지만 그 그물코 하나를 들어 올리면 그물 전체가 들어올려집니다.

이 '나' 속에 얼마나 많은 것들이 함께 들어 있을까요? 얼마나 많은 것들이 서로 힘을 모으고 힘을 주고받으며 지내오고 있을까요? 그 엄청난 관계 속에서 단 하나라도 제때 작용하지 않으면 지금의 나, 과연 이 모습으로 존재할 수 없었을 것입니다.

그렇기 때문에 고맙다는 마음, 감사하는 마음을 지니고 한 걸음 나아가 상대를 위하여 상대에 유익한 일올 히러고 노력해야 한다고 경에서는 말합니다. 은혜를 갚는다는 표현이 자칫 진부하게 들릴 수도 있지만 내가 세상과 맺는 여러 가지 인연 관계를 '은혜' 차원으로 볼 것이냐, 아니면 '거래' 차원으로 볼 것이냐의 차이는 아주 큽니다. 인생관도 달라집니다. 은혜를 입었고, 그래서 은혜를 갚겠다는 생각으로 세상을 보는 사람은 세상을 위해 이로운 일을 하려고 합니다. 그 길만이 자기 자신도 행복해지는 길임을 알기 때문이지요. 이런 인생관이 쉽지는 않습니다. 증일아함경』에서도 "세상에는 보기 어려운 두 가지가 있으니, 은혜를 갚을 줄 아는 것과, 큰 은혜는 물론이거니와 조그만 은혜라도 잊지 않는 것이다"라고 하고 있을 정도니까요.

노력하고 정진하고 수행할 이유가 또렷해집니다. 나 자신의 안온한 행복을 위해서도, 나를 둘러싼 세상의 행복을 위해서도 우리는 참 열심히 노력하고 수행 정진해야 합니다. 깃털에 물을 묻혀와 숲의 불을 끄려고 한 앵무새처럼, 그렇게 노력하고 또 노력하는 사람이 많아진다면 그곳이 바로 부처님 나라, 불국토일 것입니다.

나에게만 좋은 것을 선택한 결과
다른 이에게 손해를 끼치고,
결국 나 자신에게도 불이익으로 다가온다면
다음번에는 그것을 선택해서는 안 됩니다.
그런데 사람들은 늘 같은 것을 선택합니다.
그리고 이웃과 자신에게
만족스럽지 못한 결과가 찾아오면
괴로워하고 울부짖습니다.
그러고도 또 같은 것을 선택합니다.
이런 악순환의 연결고리를 끊으려면
쉬지 않고 노력하고 정진해야 합니다.

세상에
'같음'은 없다

기다린다는 것, 이 말을 소리 내어 보면 그림이 그려집니다. 까치발로 서서 울 밖을 내다보는데 어찌나 간절히 목을 내밀었는지 그 목이 기린처럼, 학처럼 길어집니다. 그런데 기다리지만 기다림에 함몰되지 않습니다. 성급하게 쫓아가서 이러저러하게 일을 도모하지 않고 때가 무르익어 원하던 것이 가장 자연스럽게 다가오는 것, 이것이 가장 아름다운 기다림의 모습 아닐까요?

석가모니 부처님 시절로 옮겨 가 보지요. 부처님은 평생 기다린 분입니다. 이미 깨달음을 이루셨으니 무얼 바랄 일도 없겠지만, 경전을 보면 부처님처럼 끈질기게 기다린 분도 없지 싶습니다. 무엇을 기다렸을까요? 사람들을 기다렸습니다. 사람들이 다가오기를 기다렸고, 다가오지 않으면 다가가서 말을 건네며 그들의 마음을 살피면서 기다렸습니다. 그들의 마음이 활짝 열리기를 기다렸고, 그들이 한 차원 더 높은 법문을 듣고픈 마음 내기를 기다렸습니다. 제자들이 한 걸음 한 걸음 완전한 행복의 경지인 해탈열반의 세계로 나아가는 모습을 간절하게 그러나 담담하게 기다리신 분이 부처님입니다. 여기서 '담담하게'라는 말이 중요합니다. 제자들이 깨달음을 향해 나아가기를 누구보다 간절하게 바란 분이지만, 강제로 억지로 하지는 않았고, 설령 그들이 부처님의 기대에 어긋나더라도 실망하지 않았습니다.

그런데 좀 특별한 경우가 있습니다. 바로 부처님의 이복동생인 난다(Nanda, 難陀)의 경우입니다. 난다는 석가족 정반왕의 둘째 아들로 아름다운 여인 손타리와 신혼생활을 즐기고 있었습니다. 그런데 이런 난다가 왜 왕자의 자리와 절세미인 아내를 버리고 출가했을까요? 『불본행집경』에 그 사연이 자세합니다.

까삘라성의 이른 아침, 부처님께서 탁발하러 난다의 집으로 가셨습니다. 난다는 부처님에게서 발우를 받아들었지요. 음식을 담아서 돌려드리려는데 부처님은 받지 않았습니다. 난다는 당황해서 시자인 아난다 존자에게 그 발우를 내밀었습니다. 하지만 아난다 존자 역시 받지 않았습니다. 갑자기 부처님은 숲속의 절을 향해 걸어가기 시작합니다. 난다는 부처님 발우를 든채 그 뒤를 따랐습니다. 발우의 주인이 그걸 받아들지 않는다고 해서 함부로 바닥에 내려놓지는 못했습니다. 더구나 부처님의 발우 아닌가요? 존경하는 마음을 담아 그저 받아주실 때까지 기다릴 수밖에요.

부처님은 절에 도착하자 난다의 머리를 깎으라 명했습니다. 이리하여 한 나라의 왕자요, 새신랑이었던 남자가 하루아침에 스님이 되어버렸습니다. 난다는 아무리 생각해도 자신의 처지가 믿기지 않았습니다. 스님이라니요! 꿈에도 이리 될 줄 몰랐습니다. 그런데 그날 아침을 돌이켜 보면 아내 손타리는 뭔가 이상한 걸 느끼기라도 했는지, 탁발 나온 부처님을 맞으러 방을 나서는 자신을 향해 이렇게 말했지요.

"난다님, 제 이마의 화장이 마르기 전에 돌아오세요."

사랑하는 아내의 마지막 말이었죠. 그날 곱게 화장하는 아내를 본 것이 마지막이었습니다. 아내의 화장은 마른 지 오래인데, 지금 얼마나 애타게 자신을 기다리고 있을까요? 부처님 때문에 어쩔 수 없이 스님이 되어버렸지만 난다의 마음은 마음이 아니었습니다. 부처님은 그런 난다를 각별하게 챙기신 듯합니다. 저 유명한 "향을 싼 종이에서는 향냄새가 나고, 생선을 묶은 노끈에서는 비린내가 난다"라는 말씀을 알고 계실 겁니다. 이 말도 난다에게 훌륭한 선배 스님들을 가까이 해서 출가자의 향기가 어서 배기를 바라는 차원에서 하신 법문입니다.

그럼에도 불구하고 언제나 집으로 돌아갈 생각만 가득 찬 난다에게 부처님은 일거리를 주었습니다. 물병에 물을 가득 채우도록 했습니다. 일거리를 준 뒤에 부처님은 절의 모든 사람들을 거느리고 성으로 나들이를 나가셨습니다. 난다는 생각했지요.

'잘 됐다. 어서 물을 채우고 부처님과 스님들이 돌아오기 전에 성으로 돌아가자.'

그런데 한 병을 채우고 서둘러 두 번째 병에 물을 부으려면 앞서 채운 물병이 쓰러졌습니다. 결국 모든 병에 물 채우는 일은 포기했습니다. 마음이 급해진 난다는 생각했습니다.

'어쩔 수 없다. 스님들 각자가 자기 물병을 채우게 하고, 나는 이 빈 물병을 스님들 방에 넣고 문을 닫고 어서 떠나자.'

그렇게 스님들의 빈 방 문을 차례로 닫는데 이게 또 무슨 조화랍니까? 문 하나를 닫으면 그 옆문이 열리고, 그 문을 닫으면 다시 그 옆문이 열렸습니다. 결국 난다는 스님들 방문 닫는 것도 포기하고 뒤도 돌아보지 않고 도망쳤습니다. 그의 마음속에는 곱게 화장하고서 자신이 돌아오기만을 기다리는 어여쁜 아내 손타리뿐이었습니다. 숲길을 뛰어가던 난다는 '아차!' 싶었습니다. 이 길은 부처님이 늘 오가는 길이기 때문입니다. 그는 서둘러 옆길로 접어들었습니다. 그런데 이 또한 무슨 불행인지, 저 멀리서 부처님이 제자들을 거느리고 다가오고 있었습니다. 다급한 마음에 난다는 커다란 나무 뒤로 몸을 숨겼습니다.

그런데 나무 신이 나무를 번쩍 드는 바람에 난다는 그만 부처님에게 들키고 말았습니다. 아, 불쌍한 난다. 어쩜 이리도 안됐는지요. 부처님은 난다에게 물었습니다.

"그대의 부인을 사모하는가?"

난다는 답했습니다.

"아내를 사랑합니다. 진심으로 그녀를 사랑합니다."

그러자 부처님은 난다를 아나파나산으로 데리고 가면서 다시 물었습니다.

"그대의 부인은 아름다운가?"

난다는 들뜬 목소리로 대답했지요.

"제 아내는 참으로 아름답습니다."

그런데 난다의 이런 대답을 들으셨음에도 부처님은 산에서 놀고 있는 원숭이를 가리키며 물으셨습니다.

"그대 부인 손타리가 아름답다고 했는데, 저 원숭이와 비교하면 어떤가?"

이런 모욕이 또 있을까요? 난다는 속상했습니다. 사람 중에서도 그녀보다 더 예쁜 여인을 만나기 힘든데 어찌 원숭이에 비교한단 말인지…. 난다의 마음에 아랑곳하지 않고 부처님은 다시 그를 데리고 천상으로 올라갔습니다. 천상에는 수많은 하늘여인들이 무리지어 자신들의 천자를 모시고 즐기고 있었습니다. 아름답기 그지없는 여인들에 둘러싸인 천자들을 보자니 난다는 그들이 부러웠습니다. 그런데 수많은 하늘여인들이 무리지어 노닐고 있는 중에 어느 한 곳의 자리가 비어 있었습니다. 그는 물었습니다.

"왜 저 자리는 비어 있습니까?"

그러자 아름다운 하늘여인이 고운 입술을 열어 부드럽고 달콤한 목소리로 대답했습니다.

"저 자리의 주인은 아직 지상에 계십니다. 석가족 왕자로서 출가하신 난다님이시지요. 선업을 많이 지으신 뒤 장차 저 곳에 오실 예정입니다. 그때까지 비워두고 있지요."

난다의 귀가 솔깃해졌습니다. 이 화려하고 위엄 넘치는 자리의 주인공이 자신이고, 게다가 수많은 하늘여인들이 오직 자신을 기다리고 있다는 말 아닙니까? 난다는 소리쳤습니다.

"내가 바로 그 난다입니다. 내가 가서 앉으면 되겠습니까?"

그런데 하늘여인들은 정색을 하며 답했습니다.

"우리는 하늘 사람들이고, 당신은 인간 세상의 존재입니다. 돌아가십시오. 인간의 수명을 마친 뒤 이곳으로 오시면 그때 저 자리에 앉아 저희와 즐길 수 있습니다."

난다는 가슴이 두근거렸습니다. 수백 명의 아름다운 하늘여인들과 훗날 즐길 생각을 하니 벌써부터 기뻤지요. 그런 난다에게 부처님이 물으셨습니다.

"난다여, 지상의 그대 아내 손타리와 저 하늘여인들의 아름다움을 비교해 보자. 누가 더 아름다운가?"

난다는 말했습니다.

"저 하늘여인들에 비하면 제 아내 손타리는 앞서 만난 원숭이와 다르지 않습니다."

참 야속한 대답이지만 경전에는 이렇게 실려 있습니다. 그런

난다에게 부처님이 말씀하십니다.

"그렇다면 이제부터라도 계율을 잘 지켜야겠지? 그래야 그 자리에 앉을 수 있으니 말이다."

난다는 이날 이후 누구보다 열심히 계율을 지켰습니다. 목적은 단 하나, 계율을 잘 지키며 윤리적으로 도덕적으로 살아가야 천상에 태어날 수 있기 때문입니다.

난다는 수행자로 살아가는 것이 너무나 싫었지만 이제는 마음을 바꿨습니다. 수행을 하면 세속에서 살 때보다 더 즐겁고 유쾌한 삶을 살 수 있다는 사실을 부처님과 함께 천상에 올라가서 목격했기 때문입니다. 그토록 아름다워 자나 깨나 마음에서 떠나지 않았던 아내 손타리는 온데간데없이 사라졌습니다. 그 대신 천상의 여인들 모습이 아른거렸습니다. 그 여인들과 다음 생에 즐기려면 지금부터 쉬지 않고 수행해야겠다는 생각이 들었습니다. 그는 주변 도반들에게도 말했습니다.

"세존께서 내게 약속하셨습니다. 다음 생에 5백 명이나 되는 하늘여인들과 즐겁게 지낼 수 있으니 부지런히 수행하라고 하셨습니다."

스님들은 어이가 없었습니다. 수행이 뭔지도 모르는 저 난다 스님이 딱하기 짝이 없었지요. 스님들은 난다를 조롱했습니다.

"난다 스님은 마치 품삯을 받으려고 부처님에게 고용되어 날 품팔이 하는 것과 다르지 않습니다. 그러니 결국 그대의 수행은 5백 명의 하늘 여인을 얻으려는 것이 목적이었단 말이지요?"

스님들은 난다를 '날품팔이 수행자'라 불렀습니다. 하지만 난다는 그게 왜 문제가 되는지 몰랐습니다. 평생 젊고 예쁜 여인들과 유쾌하게 즐기며 사는 것이 인생에서 가장 큰 즐거움이라 여겼기 때문입니다. 그리고 부처님 가르침을 따라 수행하면 바로 자신이 그렇게 원하는 것을 얻을 수 있다고 부처님이 약속을 하셨고, 그래서 자신도 열심히 수행하는데 말이지요. 이런 난다를 조용히 지켜보시던 부처님은 어느 날 그를 지옥세계로 데려가셨습니다. 지옥에서는 물이 가득 담긴 커다란 구리 가마솥이 시뻘건 불길 속에서 끓고 있었습니다. 옥졸이 말했습니다.

　"부처님에게는 속가에 이복동생 난다라는 이가 있습니다. 그 사람 때문에 이렇게 물을 끓이고 있습니다."

　난다는 깜짝 놀라 물었습니다.

　"당신들은 못 들었습니까? 그 사람은 5백 명의 하늘여인들과 천상에서 즐겁게 살기 위해 지금 열심히 수행하고 있다는 소문이 파다한데요."

　옥졸이 말했습니다.

　"알고 있습니다. 하지만 그 천상의 세계에서 목숨이 다하면 그는 이곳에 날 것입니다."

　난다는 자신의 운명에 소름이 돋았습니다.

　'천상에서 하늘 여인들과 즐겁게 사는 것도 영원하지 않다는 말인가? 그 쾌락이 끝나면 또다시 이런 괴로움이 나를 기다리고 있다니, 정녕 하늘여인들과의 유희가 그토록 속절없다면 내

가 무엇 하러 그 즐거움을 바라겠는가?'

난다는 두려움이 일었습니다. 부처님은 아무런 내색도 하지 않고 아무 말도 하지 않았습니다. 그저 조용히 난다의 팔을 붙잡고 다시 수행처로 돌아왔습니다. 난다는 그제야 왜 도반들이 자신을 '날품팔이'라고 불렀는지 알아차렸습니다. 천상에 태어나 즐겁고 행복하게 살고 싶다면 굳이 출가해서 수행까지 할 필요는 없었습니다. 선한 업을 지으면 당연히 행복한 과보가 따라오는 법. 속가에 머물면서 보시하고 오계를 잘 지키면서 살면 되는 일이었습니다.

하지만 이런 선업에 따른 즐거운 과보가 과연 얼마나 오래가는 것인지, 그걸 생각하지 못했습니다. 그저 오래오래 즐겁고 행복하게 산다는 것만 생각했지, 그 즐거움도 끝나게 마련이고 그때가 되면 마치 처음인 양 또다시 생로병사에 시달리며 욕심과 성냄과 어리석음에 휘말려서 악업을 지을 것이요, 악업에 따른 괴로운 과보에 끝도 없이 눈물을 흘릴 것입니다. 그때는 청초하고 아름답고 매혹적인 하늘여인 5백 명도 아무 소용이 없을 것입니다. 자신이 지은 선악업이 무르익어 과보가 찾아오면 그 과보를 받을 뿐입니다.

수행이란 것은 그런 악순환에서 벗어나 영원한 자유와 행복을 얻기 위함입니다. 깨지지 않고 변하지 않고 허물이 없는 행복한 경지로 나아가기 위함입니다.

여태 난다는 수행이란 것에 대해 진지하게 생각해본 적이 없었습니다. 하지만 부처님의 조용한 인도로 그는 천상과 지옥을 둘러봤습니다. 윤회하는 세계의 한계란 바로 그런 것임을 절감한 그는 정신이 번쩍 들었습니다.

도반 스님들이 그가 지나가면 "저기 품삯을 받고 수행하는 날품팔이가 지나간다"며 수군대는 것도 마음이 불편해졌습니다. 천상의 즐거움도 덧없고, 지옥의 괴로움은 무섭기만 했습니다. 그 어느 곳에도 마음을 둘 수가 없었습니다. 그는 차츰 사람들을 피하기 시작했습니다. 홀로 조용한 곳을 찾아가 깊은 생각에 잠겼습니다. 화려한 궁전에서 기름진 음식과 젊고 예쁜 무희들에 둘러싸여 지내던 삶이 떠올랐습니다. 그 삶 끝에 자신을 기다리고 있을 쾌락의 덧없음, 그리고 그에 젖어 지내느라 선한 업도 변변히 짓지 못하고, 권력을 믿고 다른 이를 업신여기는 악업만 일삼는 자신의 어리석음이 펼쳐졌습니다. 그는 나무 아래에서 자신의 과거와 현재를 살펴보았습니다. 여전히 쾌락에 이끌려 살아가니까 그의 미래 역시 다를 것도 없었습니다.

쾌락에서 그의 마음이 조금씩 조금씩 떠났습니다. 욕망과 쾌락을 떠나니 무슨 재미로 살겠느냐고요? 오히려 더 깨끗하고 맑고 충만한 즐거움이 일었습니다. 몸도 마음도 가뿐해지자 그는 부처님이 그토록 자주 말씀하시던 선정 속으로 한 걸음씩 들어갔습니다. 선정의 단계를 밟아 오르자 마음은 지혜를 향했고, 그는 그 지혜의 단계를 하나씩 오르면서 마침내 모든 번뇌를 버리고 떠난 성자가 되었습니다.

아라한이 된 것입니다. 난다는 부처님 제자로서 이를 수 있는 가장 높은 경지에 올랐습니다. 그는 부처님 앞으로 나가서 말씀 드렸지요.

"세존께서 제게 지난 날 약속하셨지요. 그런데 그 약속을 제가 버리려고 합니다. 세존께서는 제게 5백 명의 여인들을 약속하셨지만, 그 약속 덕분에 지금 제가 아라한이 됐습니다. 이제 세존의 약속에서 저는 벗어나게 됐습니다."

부처님은 난다의 그 말을 기쁘게 받아들이셨습니다. 쾌락이 삶의 전부였던 속가의 이복동생, 출가해서도 미련을 버리지 못해 마음을 태우던 난다는 모두가 존경하고 우러르는 성자가 됐습니다. 그러기까지 난다를 바라보고 지켜보던 부처님의 마음은 어땠을지 상상해 봅니다. 정작 당사자는 태평했지만 스승인 부처님은 한없이 걱정하셨을지도 모릅니다. 마음 같아서는 왜 그렇게 애착을 떠나지 못하느냐고 매섭게 야단을 칠 수도 있었을 것입니다. 하지만 부처님의 교육방법은 그렇지 않았습니다. 그를 인도하였지만 기다렸습니다. 그 스스로가 마음의 문을 활짝 열고 진리의 세계로 뚜벅뚜벅 걸어갈 때까지 부처님은 기다려 줬습니다. 그 기다림이 있었기에 부처님은 이렇게 수많은 제자들에게 언표할 수 있었습니다.

"비구들이여, 나의 제자 가운데 자신의 감각기관을 가장 잘 다스린 사람은 난다 비구다."

여전히 난다 스님을 품삯 받고 수행하는 날품팔이라고 놀려

대던 도반들이 한순간에 조롱을 거두었음은 두말하면 잔소리입니다.

『불본행집경』 속 난다의 일화를 읽을 때마다 스승의 역할을 생각하게 됩니다. 어쩌면 부모의 역할도 다르지 않겠지요. 기다려주는 것, 맑은 지혜의 물을 조용히 부어넣어주되 스스로 꽃을 피울 때까지 기다려주는 것, 기다림의 가장 아름다운 모습이 아닐까요.

연꽃이 피지 않는다고 꽃봉오리를 강제로 열 수는 없습니다. 수면 위로 빨리 고개를 내밀라고 물속의 꽃봉오리를 억지로 끌어올려서도 안 됩니다. 그저 꽃봉오리가 수면 위로 고개를 내밀고 활짝 꽃을 피우도록 유도하기만 하면 그뿐입니다. 꽃을 피우고 안 피우고는 전적으로 그 자신의 몫입니다. 먼저 그 길을 걸어갔다고, 너는 왜 그 길을 따라서 걸어오지 못하느냐고 안달하는 것은 교만입니다. 모두가 똑같을 수는 없는 법이니까요.

기다린다는 것,
이 말을 소리 내어 보면 그림이 그려집니다.
까치발로 서서 울 밖을 내다보는데
어찌나 간절히 목을 내밀었는지
그 목이 기린처럼, 학처럼 길어집니다.
그런데 기다리지만 기다림에 함몰되지 않습니다.
성급하게 쫓아가서 이러저러하게 일을 도모하지 않고
때가 무르익어 원하던 것이
가장 자연스럽게 다가오는 것,
이것이 가장 아름다운 기다림의 모습 아닐까요?

생명을
다시 살게 해 주는 일

살아가는 데에는 힘이 듭니다. 그 힘을 혼자만 내기에는 벅찰 때가 종종 있습니다. 그럴 때 누군가 옆에서 어깨를 툭툭 쳐주면, 그 힘에 기대어 다시 한 번 살아갈 힘을 낼 수 있습니다. 격려가 바로 그런 일을 합니다. "잘 할 수 있어. 다시 한 번 힘을 내 봐. 너는 충분히 할 수 있잖아"라고 힘을 불어넣어 주는 것이 격려입니다. 격려라는 말의 영어 단어 encouragement를 보면, 이 단어 속에 용기라는 뜻의 courage가 들어 있습니다. 사람을 기쁘게 하는 일에는 칭찬도 있습니다. 하지만 칭찬과 격려는 조금 다릅니다. 칭찬은 누군가가 멋진 일을 했을 때 주는 것인데, 격려는 거기에만 멈추지 않습니다. 칭찬이 밖에서 주어지는 찬사라면, 격려는 내면에서 힘을 내게 하여 그가 하려는 일을 완성하게 해 줍니다. 행여 실수나 잘못을 했을 경우 그에게 움츠러들지 말고 다시 한 번 일어서라고 힘을 불어넣어주는 것입니다. 요즘처럼 자존감이 바닥까지 추락했다는 사람들이 많을 때 이 격려의 한 마디가 갖는 힘은 큽니다.

불교에서는 어떨까요? 부처님은 중생을 늘 격려하신 분입니다. 자신의 잘못이나 어리석음에 쪼그라든 자들에게 법문을 들려주어 그들의 마음에 기쁨을 일으키고, 자신 있게 살아갈 수 있도록 용기를 북돋아주신 분이지요. 법문을 들으러 온 사람을 "위로하고 격려하고 고무시켰다"는 문장이 수많은 경전에 나옵니다. 심지어 연로한 부처님 당신에게 소화하기 버거운 음식을 내어서 지독한 괴로움에 시달리게 만든 이에게도 부처님은 위로하고 격려했습니다. 그 이야기를 해 볼까요?

"지금부터 석 달 뒤에 완전한 열반에 들겠다."

어느 날 부처님이 이렇게 언표하셨습니다. 부처님이 영원히 세상에 머무시면서 중생들에게 감로법문을 들려주신다면 좋으련만, 모든 것은 덧없기 짝이 없는 법! 육신을 지닌 석가모니 부처님도 이 덧없음이라는 이치를 따를 수 밖에요.

석 달 뒤 완전한 열반(반열반)에 들겠다고 선언하신 이후에도 부처님은 길 위를 걷는 일을 멈추지 않았습니다. 걷고 또 걸으면서 숱한 사람들을 만나 그들의 이야기를 듣고 그들에게 소중한 진리를 나누어주었습니다. 다 부서진 수레를 밧줄로 꽁꽁 묶어서 간신히 끌고 가듯, 80세 고령인 부처님은 늙고 쇠약해진 몸뚱이를 간신히 지탱하며 버티셨습니다. 부처님 일생에 '휴식'은 없었습니다. 한 사람이라도 더 만나 법을 들려주기 위해 맨발로 뜨겁게 달아오른 흙바닥을 걸어서 앞으로 나아가셨습니다.

이윽고 말라 족의 도시인 빠바에 도착하였습니다. 그곳에 살고 있는 대장장이 아들 쭌다는 부처님께서 오셨다는 소식을 듣고 한달음에 달려갔습니다. 부처님에게 법문을 듣고 행복해진 쭌다는 다음날 자신의 집에서 공양을 드십사 청했습니다. 다음날, 수많은 스님들을 거느리고 쭌다의 집을 찾은 부처님에게 그가 특별식으로 준비한 음식은 쑤까라맛다바입니다. 부처님은 쭌다가 정성스레 만들어 올리는 음식을 받고서 말했습니다.

"쭌다여, 지금 이 음식은 내게만 주십시오. 스님들에게는 다른 맛좋은 음식을 주기 바랍니다. 그리고 남은 쑤까라맛다바는 구덩이를 파서 묻으십시오. 이 세상에서 이 음식을 소화할 사람은 아무도 없습니다."

대장장이 아들 쭌다는 부처님 말씀대로 했습니다. 귀한 재료로 정성을 다해 만든 음식인데 땅에 묻으려니 아깝다는 생각도 들지 않았을까요? 하지만 부처님의 특별한 지시인만큼 그는 따랐습니다. 공양을 마치고 다시 쭌다를 위해 법문을 들려준 뒤 부처님은 다시 길을 떠났습니다. 그리고 지독한 통증에 시달렸습니다. "피가 나오는 이질에 걸렸다"라고 경에서는 말하고 있습니다. 80세, 연로한 부처님이 맨발로 뜨겁게 달아오른 길을 걸어 다니시는데 엎친 데 덮친 격으로 심한 이질에 시달립니다. 부처님은 오늘이 당신에게 지상에서의 마지막 날임을 알아차리고 꾸시나가라 근처 숲에 이르러 지친 몸을 누이신 뒤 아난다 존자를 불러 부탁하십니다.

"행여 누군가 쭌다에게 '그대가 부처님에게 드린 음식으로 부처님이 완전한 열반에 드셨다. 그대는 이 일로 아주 큰 불이 익을 얻을 것이다'라고 말해서 그를 두려움과 회한에 빠뜨릴 지도 모른다. 아난다여, 그대는 대장장이 쭌다의 그 회한을 없애주어야 한다. 그대는 쭌다에게 이렇게 일러주어라. '벗이여, 그대는 부처님께 마지막 공양을 올렸습니다. 그 공양을 드시고 부처님은 완전한 열반에 들었습니다. 이 일은 그대에게 아주 커다란 이로움이 됩니다. 부처님에게 올린 공양 중에 세상 그 어떤 공덕보다 훌륭한 공양이 두 가지가 있습니다. 위없는 깨달음을 얻을 때 드셨던 공양과, 완전한 열반에 들어갈 때 드셨던 공양이지요. 그대는 이 공양으로 장수하고, 훌륭한 용모를 갖추고, 명성을 얻고, 천상에 태어나고, 권력을 얻게 될 것입니다'라고."

초기경전인 『디가 니까야』에 들어 있는 「마하빠리닙바나 숫따(대반열반경)」의 한 대목입니다.

아난다 존자에게서 이 말을 전해 들었을 쭌다를 상상해 봅니다. 신들과 인간의 스승이신 부처님을 너무나 고통스런 이질에 걸리게 한 장본인이었던 자신, 이 세상에 완전한 행복과 평화를 안겨다 줄 스승을 죽음으로 내몬 자신. 부처님 '죽음'의 직접적인 원인 제공자가 되어 영원히 불행을 겪을 것만 같은 자신. 그 엄청난 죄책감과 자책감으로 그는 두려움에 떨고 있었을 것입니다. 모든 사람들이 "당신이 그 음식만 올리지 않았더라면…"이라며 날카로운 비수를 꽂을 것만 같아서 집밖 출입도 하지 못했을 것입니다.

세세생생 죄인 아닌 죄인으로 살아가리라는 두려움에 사로잡힌 쭌다를 향해 부처님은 "괜찮다"고 위로만 하지 않았습니다. 오히려 '그대의 공양은 부처님 생애 가장 뜻깊은 것이었다'고, '그대는 큰 복을 지었고 커다란 행복을 불러올 선업을 지었다'고 격려했습니다. 쭌다는 부처님이 지상에서 드신 마지막 공양을 올린, 참 귀하고 복 많은 사람이었습니다. 아마 그는 남은 생애를 행복하게 살면서 더 열심히 선업을 지었을 것입니다.

깊은 절망의 구렁텅이에 떨어질 뻔했던 그를 크게 격려하고 용기를 불어넣어준 부처님처럼, 격려는 한 생명을 다시 살게 해 줍니다. 지금 누군가에게 그 훈훈한 응원이 몹시 필요할 것입니다. 격려하고 지지해서 그를 다시 용기 내어 살게 해 줘야겠습니다.

칭찬이 밖에서 주어지는 찬사라면,
격려는 내면에서 힘을 내게 하여
그가 하려는 일을 완성하게 해 줍니다.
행여 실수나 잘못을 했을 경우
그에게 움츠러들지 말고 다시 한 번 일어서라고
힘을 불어넣어주는 것입니다.
요즘처럼 자존감이 바닥까지
추락했다는 사람들이 많을 때
이 격려의 한 마디가 갖는 힘은 큽니다.

제
3
장

진 리

마음을
열게 하다

부처님은 지혜와 방편이 원만구족하신 분입니다. 원만(圓滿)이란 말은 완벽하다라는 뜻입니다. 구족(具足)이란 말은 갖추었다는 뜻이니 원만구족이란 '완벽하게 갖추었다'로 풀이할 수 있습니다. 부처님은 지혜와 방편을 완벽하게 다 갖추신 분입니다.

부처님이 지혜로운 분이라는 것은 누구나 압니다. 방편이란 사람들을 깨달음의 경지로 다가서게 하는 방법을 말합니다. 중생구제라는 말을 많이 합니다. 이 말은 중생을 고통에서 건져낸다는 뜻이지만, 더 정확하게는 중생들로 하여금 스스로 깨달음의 경지에 오르도록 그들을 잘 인도한다는 말입니다. 그렇다면 중생구제를 위한 방편을 완벽하게 갖추었다는 말은 정확히 어떤 뜻일까요? 그 한 가지 예를 『출요경』(제12권)의 이야기에서 찾아볼 수 있습니다.

옛날 사위성에 최승(最勝)이라는 장자가 살고 있었습니다. 어찌나 부자인지 코끼리와 말 같은 동물을 많이 거느렸고, 창고에는 금은보화가 가득 차 있었습니다. 그런데 안타깝게도 그는 대단히 인색했습니다. 일단 자기 것이 된 재물은 절대로 밖으로 빠져나가지 않게 했습니다. 도움이 절실한 사람이 와서 문을 두드려도 들이지 않았고, 문지기를 두었는데도 대문을 일곱 겹으로 튼튼하게 만들어 빗장을 단단히 질러 놓았습니다. 담장에는 쥐가 드나들까 봐 석회를 발라 두었고, 새가 날아와서 낟알 하나라도 물어갈까 봐 그물로 온 집안을 덮었습니다. 곡식이 축날까 봐 개도 기르지 않았습니다.

부처님은 보시를 권하는 분입니다. 사실 '보시'라는 건 형편이 넉넉한 사람에게 유리한 선행입니다. 그렇다면 최승장자처럼 엄청난 자산가는 이웃에 보시를 해서 공덕을 쌓기에 가장 유리한 사람이라고 할 수 있지요. 그런데도 곡식 한 알에 벌벌 떠는 그를 보니 부처님은 안타깝기 이를 데가 없었습니다. 부처님은 제자들에게 최승장자에게 가서 그의 인색한 마음을 부수고 보시하는 공덕을 쌓도록 인도하라고 일렀습니다. 제자들은 부지런히 그의 집을 찾아가서 보시하기를 권했습니다. 그런데 장자는 이런 말이 듣기 싫었습니다.

'보시하라고? 쳇, 결국 내 재물이 탐나서 왔구먼. 고타마 존자는 아는 것도 많고 사람들에게 들려주는 법문도 아주 다양하다고 들었다. 그런데 그의 제자들은 그 많은 가르침 중에서 물건을 내놓으라는 말만 들려주고 있다. 대체 이들은 수행자인가, 아니면 거지인가?'

최승장자는 식사 때가 지나기 전에 어디 가서 탁발이라도 하시라며 스님들을 내쫓고 문을 닫아걸었습니다. 어느 누구도 최승장자에게서 물 한 모금, 밥 한 숟가락 얻지 못했습니다.

"최승장자의 탐욕과 인색은 상상할 수 없을 정도입니다. 하늘에 닿을 정도로 장작을 쌓고 불을 붙여도 그의 인색한 마음을 녹일 수 없습니다. 그는 절대로 자신의 것을 다른 이에게 베풀지 않을 것입니다."

결국 부처님께서 나서게 되었습니다. 부처님은 신통력을 써서 한순간에 그의 집 뜰 한가운데에 나타났습니다. 깜짝 놀란 장자는 이내 불쾌해졌습니다.

'이젠 스승까지 찾아오게 만드는 구나. 또 무슨 말을 할지 들으나 마나 뻔하다. 내 것을 달라고 하겠지.'

부처님은 최승장자 짐작대로 '보시'를 말씀하셨습니다.

"장자여, 큰 공덕을 얻는 다섯 가지 보시가 있습니다."

장자는 '역시나…'하는 생각에 속으로 비웃으면서도 여쭈었습니다.

"다섯 가지 보시가 무엇입니까?"

부처님은 말씀하셨습니다.

"첫 번째 보시는 살아 있는 생명을 해치지 않는 일입니다. 생명을 해치지 않고 자애로운 마음으로 뭇 생명들을 잘 감싸주기 때문에 여린 생명들의 마음에서 두려움을 없애줍니다. 이것이 첫 번째 보시입니다."

가만 듣고 있던 장자는 놀랐습니다. 지금 네가 가진 것을 내놓으라는 법문이 아니었기 때문입니다. 뜻밖의 말씀을 듣고 장자는 생각했습니다.

'남을 해치는 사람은 가진 게 없기 때문이다. 하지만 나는 부자다. 죽을 때까지 써도 남을 정도의 재물을 가지고 있으니 재물 때문에 남을 해칠 일은 내게 없다. 그렇다면 나는 오래 전부터 첫 번째 보시를 해왔다는 말이 아닌가?'

이렇게 생각하자 즐거워졌습니다. 예전부터 수행자들은 자신을 보기만 해도 인색하고 탐욕스럽다고 비난했지요. 그런데 지금 부처님은 자신이 오래 전부터 남을 해치지 않는 보시라는 것을 실천해 오고 있다고 넌지시 일러주기 때문입니다. 그는 기쁜 마음에 이렇게 말했습니다.

"예, 부처님. 앞으로도 저는 다른 생명을 절대로 해치지 않겠습니다. 그런데 두 번째 보시는 무엇입니까?"

"두 번째 보시는 주지 않는 것은 빼앗지 않는 일입니다. 다른 사람의 것을 허락 없이 함부로 갖지 않고 자애로운 마음으로 대하면 저들이 당신에게서 안심하게 될 것입니다. 이것이 두 번째 보시입니다."

장자는 또 생각했습니다.

'가난하고 천한 자들이 남의 것을 함부로 빼앗는다. 하지만 지금 나는 이 마을에서 최고 부자다. 내가 이 많은 재물을 쌓아 두고서 남의 것을 욕심낼 일이 뭐가 있는가? 그렇다면 나는 오래 전부터 두 번째 보시를 실천해 왔다는 말 아닌가?'

부처님이 자신을 인정해주는 것만 같아서 기분이 좋아진 장자는 말했습니다.

"예, 앞으로도 저는 남이 주지 않는 것을 함부로 갖지 않겠습니다."

"세 번째 보시는 그릇된 이성 관계를 멈추는 일입니다. 네 번째 보시는 거짓말을 하지 않는 일입니다. 다섯 번째 보시는 사람을 취하게 만드는 술과 같은 것에 빠지지 않는 일입니다."

장자는 생각했습니다. 자신은 이미 넘치도록 많은 재물을 가지고 있기 때문에 굳이 거짓말을 하면서까지 다른 이의 것을 탐하지 않았으며, 술이나 이성문제는 재물을 줄어들게 하기 때문에 오래 전부터 철저하게 금해오고 있었다는 사실을…. 그는 기쁨에 넘쳐 부처님에게 큰 소리로 맹세했습니다.

"부처님, 저는 그릇된 이성 관계를 가지지 않겠습니다. 저는 거짓말을 하지 않겠습니다. 저는 술과 같이 정신을 흐리게 만드는 것을 마시지 않겠습니다."

그는 자신도 모르는 사이에 부처님에게서 오계를 받았습니다. 부처님, 성자, 현자, 수행사는 고리타분하다며 처음부터 마음에 빗장을 질렀던 최승장자가 큰소리로 오계를 지키겠다고 스스로 다짐한 것입니다. 마침내 최승장자의 인색하고 각박한 마음이 부드럽게 녹아내린 것이죠.

'내게 좋은 말씀을 들려주신 부처님께 품질 좋은 천을 공양 올려야겠다.'

태어나서 처음으로 남에게 무엇인가를 베풀려는 마음을 냈습니다. 그는 기쁨에 차서 보물창고로 달려갔습니다. 그런데 산더미처럼 쌓여 있는 옷감을 보자 그의 마음은 다시 인색해졌습니다. 처음에는 좋은 옷감을 선물하려 했지만 막상 꺼내려 하니 아까워졌습니다. '조금 더 싼 것으로…' 하지만 집어드는 것마다 다 비싼 것이었습니다. 옷감을 들었다 놓았다 반복하는 그를 뒤에서 지켜보던 부처님이 말했습니다.

"베풀려는 마음과 아끼려는 마음이 다투고 있군요. 지금은 보시할 때지 아까워할 때가 아닙니다."

속마음을 들켜버린 장자는 황급히 가장 좋은 옷감을 꺼내어 부처님께 올렸습니다. 부처님은 그에게서 공양을 받고 나서, 보시하고 계율을 지킴은 선업을 짓는 일이요, 선업에는 즐거운 과보가 반드시 따르며, 탐욕은 더럽고 번뇌는 커다란 근심만을 불러일으킨다는 법문을 들려주었습니다. 법문을 듣고 난 최승장자의 마음이 활짝 열렸습니다. 이웃을 향해 굳게 닫혀 있던 창고의 문도 활짝 열렸습니다.

『출요경』의 최승장자 이야기는 부처님의 교화방법(방편)을 제대로 보여주고 있습니다. 무엇인가를 소유한 자는 무슨 일이 있어도 제 것을 포기하지 않습니다. 많이 가진 자일수록 더욱더 자신의 것을 지키려는 마음이 강합니다. 어쩌면 그것은 중생의 본능일지도 모릅니다. 덧없기 짝이 없는 불안한 인생, 무엇이든 움켜쥐고 쌓아두어야 안심이 되기 때문입니다. 그런 사람들에게 인색하고 탐욕스럽다고 비난하면서 자신의 것을 다른 이에게 나눠주라고 말하면 기쁘게 따를 사람들이 몇이나 될까요?

　하지만 부처님의 방식은 전혀 달랐습니다. 제 것을 움켜쥐고 있느라 딱딱하게 굳어 있던 그 마음을 두드렸습니다.

　'당신은 이미 아는 새 모르는 새 선한 일을 해오고 있었다.'

　물론 부처님은 그 탐욕스런 부자를 교화하기 위해 없는 말을 지어내지는 않았습니다. 사실 그대로를 일깨워 준 것입니다. 그 말이 사실이기 때문에 최승장자는 안심했고 행복해졌습니다. 자신이 그리 나쁜 사람이 아니었다는 사실을 확인했기 때문입니다. 아니, 어쩌면 부처님이 권하는 보시라는 것을 이미 해오고 있었다는 걸 새삼 깨닫고 마음이 활짝 열렸을 수도 있습니다.

　'너는 못됐다. 악한 사람이다. 그렇게 살면 벌을 받는다. 죽으면 지옥 간다'라는 말만 들으며 살아왔는데 자신이 그리 나쁜 사람이 아니라는 사실을 발견했다면 그 마음이 얼마나 뿌듯하고 즐거워질까요?

　마음이 기쁘고 즐거운 사람이 선업을 짓습니다. 그래서 경전에는 '환희봉행(歡喜奉行)'이라는 말이 그리도 자주 나옵니다. 환희에 가득 찬 사람만이 부처님이 권하는 선업과 수행을 받들어 행하게 되기 때문입니다. 부처님이 최승장자에게서 바란 것이 바로 이 점입니다. 그 스스로가 마음을 열고 수행의 길에 들어서게 하는 것, 그래서 깨달음의 자리를 향해 그가 다가오게 하는 것, 이것이 바로 방편입니다.

교화의 대상자를 조금도 마음 상하게 하지 않고 자발적으로 선업을 향해 발을 내딛게 하기 때문에 부처님의 중생교화를 선교방편(善巧方便), 즉 방편이 매우 능숙하고 오묘하다고 말하는 것입니다.

무엇인가를 소유한 자는
무슨 일이 있어도 제 것을 포기하지 않습니다.
많이 가진 자일수록 더욱더
자신의 것을 지키려는 마음이 강합니다.
어쩌면 그것은 중생의 본능일지도 모릅니다.
덧없기 짝이 없는 불안한 인생,
무엇이든 움켜쥐고 쌓아두어야
안심이 되기 때문입니다.
그런 사람들에게 인색하고 탐욕스럽다고 비난하면서
자신의 것을 다른 이에게 나눠주라고 말하면
기쁘게 따를 사람들이 몇이나 될까요?
하지만 부처님의 방식은 전혀 달랐습니다.
제 것을 움켜쥐고 있느라 딱딱하게 굳어 있던
그 마음을 두드렸습니다.

바 라 보 다

세상을 바라보는
당신의 눈길

어느 날 출근길 지하철에서 있었던 일입니다. 지하철에 간신히 타고 보니 출입문 쪽은 사람들로 발을 디딜 수 없을 정도였고, 안쪽에는 여유가 있어 보였습니다. 좀 멀리 가야했던 나는 안으로 들어가기로 했습니다.

"실례합니다. 좀 들어갈게요."

연신 이렇게 양해를 구하면서 틈을 비집고 안으로 들어갔습니다. 무사히 자리를 잡고 섰는데 뒤통수가 따가웠습니다. 누군가의 시선이 느껴졌습니다. 나도 모르게 돌아본 순간 가슴이 철렁 내려앉았습니다. 어떤 여성이 나를 매섭게 노려보고 있었습니다. 복잡한 출근길 지하철에서 사람들 틈을 파고드는 것이 기분 좋은 일은 아니지만 쉬지 않고 문이 열리고 사람들이 오르내릴 텐데 멀리 가야 하는 내가 문 쪽에 서 있는 것이 오히려 민폐가 아닐까 했지요. 게다가 충분히 양해를 구하면서 안으로 들어왔는데 그 여성은 듣지 못했나 봅니다. 어쩌면 내가 그녀의 무엇인가를 불쾌하게 건드렸을지도 모릅니다.

하지만 나를 놀랍게 한 것은 그녀의 눈길이었습니다. 태어나서 그런 눈길은 처음 받아봤습니다. 차라리 대놓고 욕을 하거나 나를 밀쳤다면 나았을 것입니다. 뭘 잘못했는지 말이라도 해주면 좋으련만 아무 말도 하지 않고 쏘아보기만 했습니다. 민망해서 고개를 돌렸습니다. 하지만 여전히 뒤통수가 따가워 다시 쳐다봤는데 그녀는 여전히 나를 쏘아보고 있었습니다. 그 눈길에 담겨 있던 냉랭하고 사나운 기운이란…. 그때 든 생각은 딱 하나였습니다.

'저 눈길을 계속 받다가는 죽어버릴 수도 있겠다.'

좀 지나친 생각이었겠지만, 그 사나운 눈길을 계속 받다가는 제명을 다 살지 못할 것 같았습니다. 아무리 생각해봐도 사람이 사람한테 어떻게 그런 눈길을 보낼 수 있는지 모르겠습니다. 그날 이후 내게는 한 가지 작은 깨달음이 생겼습니다. 그건 바로 누군가를 바라본다는 것, 그 행위만으로도 다른 생명체에게 엄청난 영향을 미칠 수 있다는 사실입니다.

부처님은 언제나 중생을 향해서 말로 가르침을 베푸십니다.

부처님 말씀은 진실하고 알차며 때에 알맞습니다. 처음도 좋고 중간도 좋고 끝도 좋습니다. 의미나 형식도 완벽합니다. 그렇다면 부처님은 오로지 말씀으로만 중생을 대하실까요? 그렇지 않습니다. 부처님은 중생을 바라보는 눈길도 남다릅니다. 초기경전인 『디가 니까야』의 「32상경」은 부처님의 육체적 특징 서른두 가지를 하나하나 설명하는 경입니다. 그 중에 부처님의 눈과 관련한 세 가지 특징을 이렇게 말하고 있습니다.

① 부처님 속눈썹은 길다.

② 부처님 눈동자는 검푸르다.

③ 부처님 속눈썹은 황소 눈썹처럼 풍성하다.

우리나라 절에 모셔져 있는 불상은 이런 특징을 그대로 담고 있지는 않습니다. 하지만 오래 전 인도 땅에서는 부처님을 이런 눈을 지닌 분으로 인식하고 있었습니다. 이 세 가지 특징에는 그럴 만한 이유가 있습니다.

첫째, 부처님 속눈썹이 긴 것은, 오래 전 보살로 살아가면서 보살행을 했다는 것을 입증합니다. 살아 있는 생명을 죽이지 않았으며 저들을 해치거나 겁을 줄 만한 무기를 손에 들지 않았습니다. 여기서 멈추지 않고 늘 자신을 낮추고 마음에 자애를 품으며 모든 생명체에게 이로운 길을 찾아 다녔습니다. 늘 겁에 질려 있는 모든 생명체들을 향해 연민을 품었습니다. 남의 생명을 해치지 않고 오히려 보호했기 때문에 그 선업의 과보로 이번 생에는 스스로도 긴 수명을 갖게 되었으니, 그것이 바로 속눈썹이 길다는 특징으로 표현된 것입니다.

둘째, 부처님 눈동자는 검푸르며, 셋째, 속눈썹이 황소 눈썹처럼 풍성한 것도 오래 전부터 선업을 지어왔음을 입증하고 있습니다. 특히 다른 누군가를 바라볼 때 눈을 흘기지 않았고 노려보지 않았으며 훔쳐보지 않았습니다. 상대방을 향할 때면 그 마음이 활짝 열려 있었고, 눈길에 자애를 담아서 사람들을 바라보았습니다. 이런 '선업'을 헤아릴 수 없이 오랜 세월 지어왔기 때문에 이번 생에 두 가지 신체적 특징을 가지게 되었다는 것입니다.

여기서 흥미로운 사실은 무엇인가를 하염없이 베풀고 자신을 희생하는 것만이 선업이 아니라 남을 바라볼 때 눈을 흘기지 않고 째려보지 않고 훔쳐보지 않는 것도 선업에 들어간다는 점입니다. 상대방을 어떻게 바라보느냐에 따라 그 눈길은 훌륭한 보시가 되기도 합니다. 무재칠시(無財七施)에 들어 있는 눈의 보시가 그것입니다. 무재칠시란 굳이 재물을 가지고 남에게 베풀어야만 보시가 아니며, 돈 없이도 할 수 있는 보시에 일곱 가지가 있다는 것입니다. 그 일곱 가지란, 눈의 보시인 안시(眼施), 밝고 환한 얼굴로 상대방을 대하는 화안열색시(和顏悅色施), 부드러운 말을 건네는 언사시(言辭施), 몸을 일으켜서 상대방을 맞이하는 신시(身施), 기쁘고 착한 마음으로 상대를 대하는 심시(心施), 부모나 어른, 수행자에게 자리를 펴드리거나 자신의 자리를 양보하는 상좌시(床座施), 자신의 집을 내주면서 상대방을 쉬거나 묵어가게 하는 방사시(房舍施)입니다. 『잡보장경』에서는 일곱 가지 보시를 나열하면서 눈의 보시에 관해서 이렇게 설명합니다.

"언제나 따듯한 눈으로 부모와 어른, 수행자를 바라보되 사악한 눈으로 보지 않는 것이다. 이것을 눈의 보시라고 한다. 그리하면 청정한 눈을 얻게 될 것이요, 미래에 부처를 이루어 하늘의 눈과 부처의 눈을 얻을 것이니 이것을 첫 번째 과보라고 한다."

상대방을 향한 분노와 적개심을 감추고 가식적으로 다정한 눈빛을 보내는 것이 아니라 자신의 고정관념이나 편견, 선입견을 버려두고서 오직 상대방을 그가 존재하는 모습 그 자체 그대로 바라보아야 합니다. 마음을 활짝 열고 눈길에 자애로운 기운을 담고서 말이지요.

세세생생 윤회를 거듭해 오면서 어떤 이를 만나더라도 이런 마음과 눈길로 대했다면 그는 이번 생에 어디를 가더라도 사람들의 사랑을 받는다고 경에서는 말합니다. 남녀노소를 가리지 않고 사람들이 늘 그를 보고 싶어 하고, 그들의 사랑을 듬뿍 받는 존재가 된다는 것입니다.

부처님이 어느 마을에선가 안거를 마친 뒤 떠나실 때면 언제나 사람들이 이렇게 청했습니다.

"조금만 더 우리 마을에 머물러 주십시오."

늘 곁에 있으며 바라보는 것만으로 중생들은 마음이 편안해

졌는데 이제 떠나신다니 너무나 안타까워 부처님이 오래 머물러 주시기를 간청하는 것이지요. 이런 내용은 경전에 자주 등장합니다. 세상을 향해 따뜻한 시선을 품은 수행자는 그 대상이 미물이라 하더라도, 원수라 하더라도 그를 향해 눈을 흘기지 않고 노려보지 않습니다. 게다가 요즘 우리 사회에서 심각한 문제로 대두되고 있는 '몰래 훔쳐보는 일'은 절대로 하지 않습니다.

부처님의 생애 마지막 시절, 그동안 당신이 지나셨던 도시를 마지막으로 들르신 뒤 벗어날 때 코끼리처럼 온몸을 돌려 그곳을 지그시 바라보셨다고 합니다. 두리번거리거나 흘깃거리지 않고 코끼리처럼 온몸을 돌렸다는 것은 정면으로 그 대상을 마주보았다는 말이요, 이것은 무엇을 대하든 누구를 마주하든 그때 그 대상이 부처님에게는 전부라는 뜻입니다. 최선을 다해서 열린 마음으로 그를 향하고, 반듯하게 그를 바라보되 눈길에 분노를 담지 않고 연민을 담습니다.

그런 부처님을 마주한다면 상대방은 어떨까요? 아마도 기쁨에 가볍게 몸을 떨지도 모릅니다. 나를 진심으로 대하고 온전히 이해하려 하는 자세가 눈길에 담겨 있기 때문입니다.

지금도 이따금 지하철에서 마주 했던 그 눈길이 떠오릅니다. 그럴 때마다 나는 누군가를 향해 그런 눈길을 보낸 적은 없는지 돌이켜봅니다. 사는 게 전쟁 같은데 보살 같은 소리만 한다고 편잔하시렵니까? 다 나처럼 힘든 사람들입니다. 내가 위로받고

싶은 만큼 저 사람도 그러하겠지요. 동병상련의 따뜻한 배려를
눈길에 담아 보내보는 것 어떨까요.

흥미로운 사실은
무엇인가를 하염없이 베풀고
자신을 희생하는 것만이 선업이 아니라
남을 바라볼 때 눈을 흘기지 않고
째려보지 않고 훔쳐보지 않는 것도
선업에 들어간다는 점입니다.
상대방을 어떻게 바라보느냐에 따라
그 눈길은 훌륭한 보시가 되기도 합니다.

때를 아는 것이
중요하다

아바야라는 이름의 왕자가 살고 있었습니다. 그는 자이나교의 신자였습니다. 불교와 거의 같은 시기에 시작된 자이나교는 여러 가지 면에서 불교와 비슷합니다. 그런데 완벽하게 무소유를 주장하고 비폭력을 강조하는 것, 아주 철저한 고행을 해야만 해탈할 수 있다고 주장하는 점 등이 불교와 다르지요. 이 자이나교의 교주는 니간타 나따뿟따입니다.

그런데 니간타 나따뿟따에게는 고민이 하나 있었습니다. 언제부터인가 사람들의 귀의가 눈에 띄게 줄어들었는데 이유는 딱 하나입니다. 사람들이 그가 아닌, 석가모니 부처님의 가르침을 듣고 귀의했기 때문입니다. 신자들이 줄어든다는 것은 공양물의 질과 양이 달라지는 걸 뜻합니다. 자기 앞으로 오던 칭송과 공양물이 석가모니 부처님 앞으로 향하자 그는 석가모니 부처님을 질투하기 시작했습니다. 어떻게 해서라도 부처님의 위신을 깎아내려야 했지요. 니간타 나따뿟따는 속으로 끙끙 앓다가 아바야 왕자를 찾았습니다. 그리고 이런 제안을 했습니다.

"수행자 고타마를 만나러 가십시오. 가서 그와 논쟁을 벌이십시오."

왕자는 난데없는 제안이 반갑지 않았습니다. 비록 수행자 고타마가 자신이 모시는 스승은 아니지만 세상에는 그 분의 인품과 지혜에 대한 소문이 널리 퍼져 있었습니다. 섣불리 논쟁을 벌였다가는 오히려 논파당할 것이 빤하고, 심지어는 그 분을 깎아내리려 했다는 비난마저 살 것이 틀림없었습니다. 왕자가 머뭇거리자 니간타 나따뿟따가 말했습니다.

"걱정 말고 그를 만나십시오. 내가 일러주는 대로만 말을 하면 됩니다. 분명 그대가 이길 것이니 그러면 그대가 저 수행자 고타마를 논파했다는 명성을 얻게 될 것입니다."

내키지 않지만 마음으로 섬기던 스승이 거듭 조르자 왕자가 말했습니다.

"그렇게 하겠습니다. 그런데 제가 그에게 어떤 말로 논쟁을 벌이면 되겠습니까?"

니간타 나따뿟따가 일러주었습니다.

"수행자 고타마를 만나면 조금도 머뭇거리지 말고 이렇게 물으십시오. '당신처럼 깨달은 분도 다른 사람에게 거친 말을 합니까? 다른 사람들이 질색할 정도의 험한 말을 건네십니까?' 이 질문을 받은 고타마가 '나도 거친 말을 한다'라고 대답한다면, 그때는 이렇게 받아 치십시오. '그렇다면 깨달으신 분도 보통 사람들과 다를 바가 없군요'라고 말이지요. 그런데 만일 고타마가 '나는 다른 사람들에게 거친 말을 하지 않는다. 사람들이 듣기에 거북하고 마음에 들지 않는 말을 하지 않는다'라고 대답한다면 그때는 또 이렇게 받아치십시오. '하지만 당신의 제자인 데바닷타에게는 왜 지옥에서 오랫동안 머물고, 잘못을 용서받을 길이 없다고 단언하셨습니까? 당신의 이 말을 듣고 데바닷타가 얼마나 화를 내고 불만을 터뜨린 줄 아십니까?'라고요."

니간타 나따뿟따가 노린 것은 부처님을 딜레마에 빠지게 만드는 일이었습니다. 이렇게 대답해도 저렇게 대답해도 자기모순에 빠져버리게 만들자는 속셈이었지요.

부처님은 사람들에게 언제나 말의 중요성을 강조했습니다. 사실을 사실대로 말하되 그 말에 상대방을 배려하는 마음이 담겨야 한다고 힘주어 말했지요. 이런 부처님이 사람들에게 거칠고 험한 말을 할 리가 없습니다. 어쩌면 부처님은 아바야 왕자의 질문을 받으면 당연히 "나는 절대로 거친 말을 하지 않는다"고 대답할 것입니다. 부처님이라면 상대가 불쾌하게 여길 거친 말을 하지 않는 법이기 때문입니다. 그러니 분명히 부처님은 아주 강하게 부정의 대답을 하실 것입니다. 바로 이럴 때 얼른 되받아치라는 것입니다.

분명 데바닷타에게 지독하게 쓰린 과보를 받게 될 것이라고 말씀하셨고, 그 말씀을 들은 데바닷타가 너무나도 불쾌하게 받아들였다는 점을 일러주라는 것입니다. 이 또한 사실입니다. 데바닷타는 부처님의 제자였는데도 부처님을 몰아내고 수행 공동체인 승가를 분열시키려고 옳지 않은 행위를 일삼았습니다. 심지어는 마가다국의 아자타삿뚜 왕자를 꼬드겨서 부왕을 죽이고 왕위를 빼앗게까지 했습니다. 이런 데바닷타의 악업을 보고 부처님은 괴로운 과보를 받을 것이라 말씀하셨습니다. 행위자는 사정이야 어떻든간에 자신이 훗날 괴로움을 받게 되리라는 예언을 들으면 불쾌하게 마련입니다. 사람들에게 거친 말을 하지 않고 불쾌하게 여길 말은 '절대로' 하지 않는다고 부처님이 자신의 입으로 말을 했지만 실제로 부처님의 말을 불쾌하게 여기는 사람이 나온다면, 이것은 부처님이 한 입으로 두 말을 하는 것이요, 성자가 해서는 안 될 거짓말을 하는 셈입니다.

니간타 나따뿟따는 이렇게 부처님이 자기모순에 빠지게 유도하려는 속셈입니다. 경전에서는 이런 딜레마에 빠진 것을 "두 개의 뿔이 달린 질문을 받고 긍정하지도 부정하지도 못한다"고 표현하며 "사람 목에 쇠고챙이가 걸렸는데 삼키지도 못하고 뱉지도 못하는 것"에 비유하고 있습니다. 사람들이 존경하고 우러러 마지않는 부처님이 이런 지경에 처하면 한순간에 명망과 신심을 다 잃을 것이 빤합니다.

그렇게 하겠노라고 약속한 왕자는 부처님 계신 곳을 찾아가서 다음 날 자신의 집으로 공양초대를 했습니다. 부처님은 상대의 마음도 모른 채 묵묵히 그의 공양청을 받아들였습니다.

다음 날 아침, 왕자는 부처님에게 훌륭한 공양을 올린 뒤 낮은 자리를 가져와 앉았습니다. 자신의 스승이 일러준 대로 부처님을 논박하기 위한 토론을 벌이기 위해서입니다. 왕자는 이렇게 물었습니다.

"세존께서도 다른 사람에게 불쾌하고 그들 마음에 들지 않는 말씀을 하십니까?"

'그렇다'라거나, '절대로 아니다'라는 대답을 기다렸던 왕자에게 부처님은 이렇게 대답하셨습니다.

"그런 물음에 일방적으로 대답할 수 없습니다."

부처님의 대답은 예상 밖이었습니다. 그리고 현명한 왕자는 논쟁을 시작하기도 전에 이미 자신이 졌음을 알아차렸습니다. 그는 전날 자기 스승과의 일을 그대로 부처님에게 고했습니다. 논쟁을 벌여 상대방을 굴복시켜서 승리를 얻고자 했던 니간타 나따뿟따의 의도를 들은 부처님은 그에 대해 아무런 말씀을 하지 않았습니다.

때마침 왕자는 어린 아들을 무릎에 앉히고 있었는데, 부처님은 이렇게 물었습니다.

"왕자여, 만일 그 아이가 위험한 것을 삼키려 한다면 어찌하겠습니까?"

"무조건 빼내려 들 것입니다. 아이가 아프다며 입을 꼭 다물어도 빼내야 합니다. 피가 나도 어쩔 수 없습니다. 그렇게 하지 않으면 이물질을 삼킬 텐데 아이는 얼마나 괴롭겠습니까. 가여워서 견딜 수 없을 것입니다."

부처님은 그 대답을 듣자 말씀하셨습니다.

"여래도 그렇습니다. 여래는 세상 모든 사람들이 가여워서 말을 건넵니다. 하지만 말을 할 때가 있고 하지 않을 때가 있습니다.

첫째, 여래는 어떤 말이 사실이 아니고 진실하지 않으며 사람들에게 유익하지 않은지 잘 압니다. 게다가 듣는 사람이 불쾌하게 여길 말이라면, 여래는 그런 말을 하지 않습니다.

둘째, 여래는 어떤 말이 사실이고 진실하기는 하지만 사람들에게 유익하지 않은지 압니다. 게다가 듣는 사람이 불쾌하게 여길 말이라면, 여래는 그런 말을 하지 않습니다.

셋째, 여래는 어떤 말이 사실이고 진실하며 사람들에게 유익한지 압니다. 하지만 듣는 사람이 불쾌하게 여긴다면 여래는 그런 말을 해야 할 때는 고려해서 말합니다.

넷째, 여래는 어떤 말이 사실이 아니고 진실하지 않고 유익하지 않은지 압니다. 설령 듣는 사람에게는 듣기 좋고 기분 좋게 여겨진다 하더라도 여래는 그 말을 하지 않습니다.

다섯째, 여래는 어떤 말이 사실이고 진실하지만 사람들에게 유익하지 않은지 압니다. 그런데 설령 그 말이 듣는 사람에게는 듣기 좋고 기분 좋아질 수 있다 하더라도 여래는 그 말을 하지 않습니다.

여섯째, 여래는 어떤 말이 사실이고 진실하며 유익한지 압니다. 그리고 그 말이 듣는 사람에게도 기분 좋고 마음에 들 만한 말임을 압니다. 그럴 때 여래는 말을 해야 할 때를 고려해서 그 말을 합니다.

여래는 세상을 가여워하기 때문에 말을 알고 말을 해야 할 때를 잘 아는 것입니다."

초기경전인 『맛지마 니까야』에 실린 「아바야왕자 경」의 내용입니다.

이 여섯 가지 대화법을 잘 이해하셨나요? 특별히 어려운 말은 없으니 그냥 술술 읽을 수도 있지만 이 여섯 가지를 꼭 짚어 봐야 합니다. 일단, 부처님이 인정하는 '바른 말'에 다섯 가지가 있습니다.

① 사실인 말

② 진실한 말

③ 듣는 사람에게 유익한 말

④ 듣는 사람이 듣기 좋고 마음에 드는 말

⑤ 때에 맞추어 하는 말

이 다섯 가지를 모두 갖추어야 좋은 말, 바른 말입니다. 그런데 이 다섯 가지 가운데 부처님이 가장 중요하게 여기는 것은 바로 '⑤ 때에 맞추어 하는 말'입니다. 비록 사실이고 진실하며 듣는 사람에게 유익하고 듣는 사람의 마음에 드는 말이라 하더라도 때가 아니다 싶으면 말을 하지 않는다는 것이지요.

그렇다면 그 '때'란 언제일까요? 듣는 사람이 들으려고 할 때입니다. 상대가 마음을 열고 귀를 기울일 때이지요. 오해와 분노로 가득 차 있는 사람에게 충고한다면서 자꾸 말을 건네면 오히려 화를 돋웁니다. 스스로 잘못한 줄 알아서 부끄러워하고 위축되어 있는데 거기에다 충고를 한다면서 자꾸 성인군자의 말을 건네면 이 또한 역효과를 내기 쉽습니다. 아무리 좋고 유익한 말도 기다려야 합니다. 상대가 그 말을 받아들일 때까지 말이지요. 부처님은 바로 그렇게 말을 하는 분이라는 것입니다.

사람들은 자신의 똑똑함을 드러내기 위해 논쟁을 벌입니다. 논쟁을 벌여 상대가 지고 자신이 이겼음을 확인하려 합니다. 세상의 논쟁은 이기기 위해, 그래서 이득을 얻으려는 사람들이 벌이는 다툼입니다. 하지만 부처님은 세상을 가엾게 여겨, 그 연민하는 마음에서 말을 하는 분입니다. 그런 분의 말씀이 거칠 수 없습니다. 거짓이거나 해로울 리 없습니다. 게다가 아무리 진실하고 사실이고 이익을 안겨주고 듣기 좋은 말이라 하더라도 해야 할 때와 침묵할 때를 아는 분이 부처님입니다.

세상을 뒤흔드는 말들. 부처님의 이 여섯 가지 대화법 원칙을 기억한다면 말 한 마디로도 세상을 위로하고 살릴 수 있을 것입니다. 이기기 위해서가 아니라 세상을 가엾게 여겨 말을 한다는 부처님에게 아바야 왕자가 귀의한 것은 말할 나위도 없습니다.

사람들은 자신의 똑똑함을 드러내기 위해
논쟁을 벌입니다.
논쟁을 벌여 상대가 지고 자신이 이겼음을
확인하려 합니다.
세상의 논쟁은 이기기 위해,
그래서 이득을 얻으려는 사람들이
벌이는 다툼입니다.
하지만 부처님은 세상을 가엾게 여겨,
그 연민하는 마음에서 말을 하는 분입니다.
그런 분의 말씀이 거칠 수 없습니다.
거짓이거나 해로울 리 없습니다.

웃 다

일단 미소 짓고
웃어 보기

단체 사진을 찍을 때 사진사가 셔터를 누르려다 말고 이렇게 주
문할 때가 있습니다.

"자, 활짝 웃으세요."

카메라 앞에 서면 자신도 모르게 얼굴이 굳어집니다. 웃는 표
정을 짓기는 하지만 묘하게 근육이 굳는 느낌입니다. 그래도 작
위적이긴 해도 다들 활짝 웃고 있는 사진을 보면 기분이 좋아집
니다. 확실히 웃음은 주변을 기분 좋게 해줍니다. 한 사람의 행
복한 미소는 옆 사람에게 그대로 전해져서 우리는 이것을 웃음
바이러스, 해피 바이러스라고도 부릅니다.

그런데 이게 문제가 있습니다. 어느 사이엔가 "웃어라!"가 명령어가 되어버린 것 같기 때문입니다. 서비스업에 종사하는 사람들은 어떤 고객을 상대하든 얼굴 가득 미소를 띠고 부드러운 목소리로 응대해야 합니다. 앞서 무척 힘들고 속이 상한 일을 겪어도 다음 번 고객 앞에서 그걸 내색하면 안 됩니다. 웃음 지어야 한다는 것은 어느 사이 '감정 노동'이라는 말까지 만들어냈습니다. 사람들은 말합니다.

"웃을 일이 있어야 웃지요."

그럼 또 이런 대답을 듣습니다.

"자꾸 웃으세요. 그럼 진짜 웃을 일이 생겨납니다."

우습지도 않은데, 행복하지도 않은데 행복한 것처럼 얼굴에 미소를 띠라는 것이지요. 이걸 보면 웃음이 무척 작위적이란 생각도 하게 됩니다.

석가모니 부처님은 어떠했을까요? 초기경전을 비롯해 대승 경전에 이르기까지 경전 속에 등장하는 부처님은 얼마나 자주 웃으셨을까요? 부처님은 즐거운 일에 미소를 지으셨을까요? 행복해서 껄껄껄 호탕하게 그야말로 파안대소하셨을까요? 뜻밖에도 부처님과 당시 승가에서는 깔깔깔 껄껄껄 웃음소리가 들리지 않았습니다. 특히 부처님이 활짝 웃으시거나, 그 제자들이 너무 웃어서 요절복통했다는 문장은 단언컨대 한 번도 나오지 않습니다. 어찌 보면 부처님과 제자들은 웃음에 좀 인색합니다.

그런데 부처님이 길을 가시다 싱긋 미소를 짓는 경우는 이따금 등장합니다. 뿐만 아니라 당시 큰스님이셨던 제자 중에서도 문득 싱긋 미소를 짓는 일이 있습니다. 박수를 쳐대며 허리가 끊어져라 호탕하게 웃지는 않지만 어느 한 순간에 가만히, 주변 사람들이 알 듯 모를 듯 미소를 짓습니다. 이런 일이 워낙 드물기 때문에 곁에 있던 제자들은 그 순간을 놓치지 않고 꼭 여쭙습니다. 대표적인 예로 초기경전인 『디가 니까야』에 들어 있는 「마하빠리닙바나 숫따(대반열반경)」의 문장을 소개합니다.

어느 때에 세존께서 길을 벗어나 어떤 장소에 이르자 미소를 지었습니다. 그러자 존자 아난다는 '여래는 이유 없이 미소를 보이지 않으신다. 어떤 이유에서 미소를 보이셨을까?' 하고 궁금해 합니다. 그런 아난다는 어김없이 부처님에게 여쭙고, 부처님은 그에 대답하십니다.

"아난다여, 예전에 이곳은 아주 부유하고 번영했으며 사람들이 북적대며 살았던 대도시였다. 그 시절 이 땅에 부처님께서 나셨으니…."

이처럼 부처님이 은은하게 미소를 짓는 경우는 대체로 아주 먼 옛날 과거부처님 시절을 말씀하시려거나, 보통 사람들의 눈으로 볼 수 없는 특별한 인연을 들려주기 위함입니다. 대부분 사람들은 그런 것이 궁금하지도 않기 때문에 물어볼 생각도 하지 않습니다. 하지만 부처님은 어떤 특별한 감흥에 사로잡혀 일부러 제자들에게 궁금증을 불러 일으킵니다. 그것이 '미소'라는 동작이라고 생각합니다. 불교에서 가장 유명한 미소가 있지요. 부처님께서 연꽃 한 송이를 집어 들어 대중 앞에 보이시자 가섭 존자만이 미소를 지었다는 '염화시중의 미소'입니다. 염화(拈花)란 말은 꽃을 집어 들었다는 뜻이고, 시중(示衆)이란 말은 대중에게 보였다는 뜻입니다.

그런데 도대체 저 연꽃 한 송이를 대중 앞에 집어든 것에 무슨 뜻이 담겨 있단 말일까요? 가섭 존자는 왜 웃었으며, 부처님과 한 마디 말도 오가지 않았건만 부처님은 가섭 존자만이 당신의 마음을 알아차렸다고 하신 건 또 뭘까요? 그야말로 부처님 마음과 가섭 존자의 마음이 통한 경지입니다. 이심전심이지요.

이심전심의 차원까지 공부가 나아가지 못했으니 이 염화시중의 미소에 담긴 사연을 알 도리가 없습니다만, 이때 가섭 존자의 은은한 미소 역시 보통 사람으로는 미칠 수 없는 경지를 상징합니다. 이 경지를 말로 표현하자면 말의 한계에 부딪힙니다. 그저 빙긋 웃음을 지어보이는 것만으로 상대방의 의중을 가장 정확하게 꿰뚫었음을 표현한 것입니다. 그뿐인가요. 전 세계 사람들이 보기만 하면 반하는 반가사유상의 보살들도 전부가 살짝 미소를 머금고 있습니다. 가만히 들여다보면 그 미소에 전염이 되었는지 보는 이도 따라서 미소를 짓게 되지요.

이쯤 되면 독자들은 더 답답할 것입니다. 더 궁금해지기도 할 것입니다. 그런데 바로 이것 아닐까요? 선량하고 지혜로운 사람의 잔잔한 미소는 사람들 마음에 이렇게 호기심을 불러일으킵니다.

'저 깊은 속내는 무엇일까?'

'무엇이 저토록 점잖은 사람을 미소 짓게 하는 걸까?'

이렇게 애가 닳게 만들면서 '어떻게 하면 나도 저 미소의 뜻을 알 수 있을까?'하는 열망을 품게 만듭니다. 기분 좋게 목젖이 드러나도록 박장대소를 하진 않지만 저 은은한 미소처럼 편안한 경지에서 노닐고 싶다는 바람을 갖는 그 순간, 어쩌면 이것이 발심하는 때가 아닐까 합니다. 저 미소의 주인공인 부처님이나 가섭 존자 같은 아라한, 나아가 반가사유상의 경지를 자신도 얻고 싶다는 마음을 내기 때문입니다.

심리학자 마리안 라프랑스에 따르면, 사람 얼굴 밑에는 표정을 만들어내는 43가지 근육이 있다고 합니다. 이 근육들이 포개지고 교차하면서 다양한 얼굴표정을 만들어내는 것이지요. 가령 사진을 찍을 때 누군가가 "김치～"라고 외치면 이 말을 따라서 '김치'라고 발음하면서 웃는 표정이 되는데, 이 발음에는 비밀이 숨어 있습니다. 입 꼬리를 위로 당기는 큰 광대뼈 근육을 자극하는 동작이기 때문입니다. 하지만 우리에게 필요한 것은 웃는 척 하는 '김치'가 아닙니다. 정말 기분이 좋아서 본능적으로 터져 나오는 웃음, 누군가를 의식하거나 자신을 포장하지 않고 자연스레 짓는 미소입니다. 이런 미소를 지을 때면 얼굴 전체가 달라집니다. 입 꼬리만 올라가지 않고 볼이 함께 올라가며 두 눈이 가늘어지는 것이지요.

석가모니 부처님은 잔잔하고 은은한 미소를 지어서 대중에게 호기심과 선망을 불러 일으켰다면, 중국으로 옮겨온 불보살님들은 기분 좋게 껄껄껄 웃는 표정입니다. 세상 근심 하나도 없이 포만감에 젖어 한없이 푸짐하게 웃음을 터뜨리고 있습니다. 현실적으로 부족한 것 하나 없는 듯, 좋은 음식을 많이 먹어 배가 불룩 나왔고, 뭐가 들었는지 모르지만 묵직한 보따리도 옆에 있습니다. 세상살이가 고단한 사람들에게 마치 "뭐가 필요하지? 나한테 말해봐. 내가 다 줄게"라고 자신 있게 말하는 것만 같습니다. 중국의 포대화상이 딱 이런 모습이며, 서양에서는 포대화상을 가리켜 '웃는 붓다(Laughing Buddha)'라고 부릅니다. 그리고 이런 부처님을 모시면 집안에 재물이 들어온다고 해서 집집마다 사찰마다 포대화상을 모시고 있습니다. 역시 배부르고 등 따신 데에서 더 바랄 것 없는 미소가 지어진다는 뜻일까요?

하지만 포대화상의 푸짐한 미소보다 우리를 더 달뜨게 만드는 미소가 있습니다. 서산 마애삼존불의 미소입니다. 인도의 석가모니 부처님이나 반가사유상의 보살님처럼 알 듯 모를 듯 은은하게 지은 미소가 아닙니다. 중국의 포대화상처럼 옷자락을 다 풀어헤치고 넉넉함이 넘쳐흐르는 기름진 파안대소도 아닙니다. 둥그런 눈과 도톰한 눈 밑 살에 웃음기가 서려 있고, 양볼살은 입가의 미소로 한껏 푸짐합니다. 오른손으로는 이 세상 모든 생명체들에게 두려움을 없애주겠노라고 안심을 시켜주고, 왼손으로는 바라는 것이 있는 이들에게 그 소원을 다 들어주겠노라고 약속하고 있습니다. 무엇보다 그 따뜻하고 순수하고 기분 좋아지게 짓는 미소가 압권입니다. 이런 미소를 얼굴에 띠지 않고 두려움을 없애주겠노라는 수인만을 하고 계셨다면 그토록 많은 사람들이 서산 마애삼존불을 사랑할 수 있었을까요?

부처님의 그 미소 하나만으로도 세상살이에 지친 중생들은 위로를 받고 다시 일어설 용기를 얻습니다. 백 마디 말보다 단 한번 지어보이는 진실하고 따뜻한 미소, 그런 웃음을 배우고 싶습니다.

기분 좋게 목젖이 드러나도록
박장대소를 하진 않지만
저 은은한 미소처럼
편안한 경지에서 노닐고 싶다는
바람을 갖는 그 순간,
어쩌면 이것이 발심하는 때가 아닐까 합니다.
저 미소의 주인공인
부처님이나 가섭 존자 같은 아라한,
나아가 반가사유상의 경지를 자신도 얻고 싶다는
마음을 내기 때문입니다.

한 걸음 더하기
한 걸음 더

절을 찾다가 어느 날 문득 이런 생각이 들었습니다.

'왜 모든 불상은 다 앉아 있는 자세일까?'

아시다시피 우리나라 절에서 모시고 있는 불상 대부분은 좌상입니다. 두 눈은 감은 듯 뜬 듯하고, 반듯하게 두 발을 맺고 앉은 모습이지요. 보리수 아래에서 깨달음을 얻으신 바로 그 순간이 부처님이라는 존재를 가장 잘 말해준다고 생각해서 그리되었을까요? 무엇보다 참선하는 모습이 가장 부처님다운 모습이라 생각해서 그리되었을까요? 아니면 유달리 좌식문화가 굳건하게 자리한 한국의 특성 때문일까요? 하긴, 우리는 이렇게 말하곤 합니다.

"아유, 좀 앉자!"

"일단 앉아 봐!"

"그렇게 서 있지 말고 앉으세요. 보고 있는 내가 다 불안해요."

어쩌면 이렇게 유독 앉기를 좋아하는 문화여서 불상마저도 그렇게 앉히려는 건 아닐까 하는 좀 엉뚱한 상상도 해 봅니다. 이 부처님이 지금 무엇을 하고 계신지는 손모양(수인)으로 알 수 있습니다. 참선의 경지에 들어계신다거나, 다섯 비구들에게 처음으로 법문을 설하신다거나, 모든 중생들이 필요로 하는 것을 베푸신다거나, 중생의 마음에서 두려움을 없애고 계신다거나…. 수인으로 우리는 가만히 앉아 계신 부처님이 지금 무엇을 하고 계시는 줄 이해합니다.

요즘 우리나라에는 와불도 많이 모시고 있습니다. 오른쪽 옆구리를 바닥에 대고 누우신 모습입니다. 와불상은 대체로 아주 커다랗게 조성되고 있습니다. 베개에 오른팔을 대고 누우신 부처님을 뵙자면 고단한 윤회를 끝내고 영원한 휴식에 들어가신 듯 안온해 보입니다. 스리랑카에서는 두 발이 가지런한가 그렇지 않은가에 따라 그 와불상이 열반상이냐 아니면 단순히 주무시고 계신 모습의 불상이냐로 나뉜다고 설명합니다. 물론 서 있는 불상도 있습니다. 하지만 서 있는 불상도 가만히 서 계신 모습입니다. 서 계시거나 앉아 계신 부처님, 혹은 누워 계신 불상은 굉장히 정적(靜的)입니다. 멈춰 있습니다. 정지되어 있습니다. 그래서 적막이 흐릅니다. 불상을 마주 대하자면 지금까지 바삐 살아왔던 일들을 모두 그만 두고 나 역시 저 불상처럼 동작을 취하고 싶습니다. 그저 쉬고 싶고, 가만히 있고 싶고, 내려놓고 싶습니다.

그런데 석가모니 부처님의 일대기를 읽다 보면 반대입니다. 조용히 앉아 계신 모습보다는 어딘가를 향해 걸어가는 모습이 더 많이 나옵니다. 부처님은 걸어갑니다. 늘 어딘가를 향해서 걸어가십니다. 아침에 일어나면 탁발을 하러 마을로 걸어 들어가고, 탁발을 하느라 집집마다 다니고, 탁발을 마치면 마을을 걸어 나옵니다. 한낮의 휴식과 명상을 위해서 나무나 숲을 찾아 걸어가고, 어딘가에서 열심히 수행하고 있을 제자를 찾아 걸어가고, 종교적 인연을 맺을 기미가 느껴지는 사람이 있으면 그곳을 찾아 부지런히 걸어가고, 선정에 머물러 계시다가 몸을 풀기 위해 하는 동작도 일정한 공간을 걸어 다니는 것입니다.

부처님이 걸음을 멈추는 시간은 한낮의 휴식을 위해 나무 아래에 머물고 계실 때나, 늦은 밤 제자들과 하늘의 신들이 모두 사라진 다음 홀로 한밤의 휴식을 취할 때입니다. 이런 부처님을 떠올리자면 부처님의 삶은 굉장히 동적(動的)이란 생각이 듭니다. 늘 누군가를 만나고, 누군가를 찾아다니고, 대화를 나누고, 가르침을 들려주고, 또 어딘가를 향해 길을 나섭니다. 석가모니 부처님이 살아 계실 때 그 곁에 머물렀다면 따라다니느라 다리가 무척 아팠을 것입니다. 이처럼 쉬지 않고 걸어 다니신 분이 부처님입니다.

왜 이렇게 걸으셨을까요? 특정한 공간에 가만히 머물러 계시면서 찾아오는 사람들에게 법문을 들려주기만 하셔도 충분했을 텐데 말이지요. 비가 많이 내리는 안거 기간에는 그리하셨던 모양입니다. 하지만 안거를 마치면 부처님은 또 길을 떠났습니다. 길 위에서 사람들을 만났습니다. 어떤 사람들은 부처님을 뵙게 되어 반가웠을 테고, 어떤 사람들은 부처님인 줄 모르고 지나쳤을 테지요. 어떤 사람들은 우연히 만난 부처님에게서 가르침을 전해 듣고 삶이 달라졌을 테고, 어떤 사람들은 부처님 가르침을 들어도 흘려듣고 심지어는 곡해하거나 비난하기도 했을 테지요. 아무튼 부처님은 걸으셨습니다.

인도를 비롯한 동남아시아 불교국가에 가면 '걷는 불상(Walking Buddha)'을 이따금 만납니다. 인도 나그푸르에 위치한 나가로카 센터에도 당당하게 발걸음을 옮기는 불상이 모셔져 있습니다. 좌정해 계시는 부처님과 달라 활력이 느껴집니다. 저 발걸음으로 우리가 사는 세간 속으로 뚜벅뚜벅 걸어 들어오시는 것 같습니다. 금방이라도 부처님을 마주칠 것만 같습니다.

그런데 부처님의 걷기에는 몇 가지 특징이 있습니다. 첫 번째 특징은, 부처님은 수레나 동물의 등에 올라타지 않는다는 것입니다. '절대로'라고 말해도 좋을 정도입니다. 언제나 당신의 두 발로 걸어가십니다. 늘그막에는 수레를 타고 다니셔도 좋았을 것입니다. 부처님의 신자가 된 왕과 귀족들, 그리고 부호들이 셀 수 없이 많아서 그들로부터 수레를 제공받을 수도 있었을 테지요. 그런데 부처님은 걸어 다니셨습니다. 심지어는 반열반하시는 바로 그날까지 부처님은 당신의 두 발로 걸어가셨습니다. 『디가 니까야』의 「마하빠리닙바나 숫따(대반열반경)」를 보면, 부처님은 당신의 병들고 늙은 육신을 "다 부서진 수레를 가죽끈으로 동여매고 억지로 끌고 가는 것과 같다"고 말씀하십니다. 드문드문 격렬한 병고에 시달리다가도 통증이 잦아들면 또다시 아난다를 앞세우고 길을 떠나십니다. 그런 와중에 대장장이 쭌다가 올린 음식을 드시고 극심한 고통을 겪게 됩니다.

그런데도 부처님은 당신의 두 발로 다시 걸어가십니다. 쿠시나가라의 두 그루 사라나무가 있는 곳에 이른 뒤에 아난다에게 자리를 펴게 하고 누우셨습니다. 그리고 그날 밤부터 새벽에 걸쳐 세속과의 인연을 영원히 놓으시지요. 그날 이후 이 세상은 길을 나서서 걸어가시는 부처님을 다시는 보지 못하게 됩니다. 부처님께서 한 생을 다 사셨다는 것은 '다 걸으셨다', '더 이상 걷지 않는다'는 말과도 통합니다. 그런 면에서 부처님은 걷는 성자입니다.

부처님 걷기의 두 번째 특징은, 걸을 때의 자세입니다. 초기 경전인 『맛지마 니까야』 「브라흐마유 경」에는 석가모니 부처님의 걸음걸이를 이렇게 그립니다.

"존자 고타마는 걸을 때 오른 발을 앞으로 먼저 내딛습니다. 그런데 그 보폭이 길지도 짧지도 않습니다. 걸을 때는 너무 빠르지도 느리지도 않습니다. 또 무릎과 무릎이 맞부딪치거나 복사뼈끼리 스치지 않습니다. 존자 고타마는 걸을 때 넓적다리를 올리지도 내리지도 않으며, 오므리지도 벌리지도 않습니다. 걸을 때에는 하반신만 움직입니다. 그리고 몸에 힘이 들어가 있지 않습니다. (중략) 또한 서두르거나 느릿느릿 걷지도 않습니다. 어딘가에 묶였다가 풀려난 사람처럼 걷지 않습니다."

사람들에게 진리를 들려주면 사람들은 크게 기뻐합니다. 환희로 충만한 사람들과 헤어진 뒤 부처님은 다시 길을 걷습니다. 오른 발을 들어 앞으로 내밀고, 이어서 왼 발이 대지에서 다소 떨어지고, 왼쪽 다리가 앞으로 나아갑니다. 왼쪽 발이 대지를 딛는 순간 오른 발이 대지에서 들어 올려집니다. 그렇게 부처님은 앞으로 나아갑니다.

"법문을 잘 마쳤다. 이제 홀가분하다."

이런 생각조차도 들어있지 않은 발걸음입니다. 담담한 마음으로, 당당하지만 위세를 부리지 않는 모습입니다. 성큼성큼 걷지도 않습니다. 종종걸음은 더욱 아닙니다. 위엄을 갖추었지만 권위를 내뿜지 않습니다. 부처님의 걸음걸이를 상상해 보자면 마치 구름에 달 가는 듯한 실루엣이 떠오릅니다. 길을 걸어가면서 좌우를 살피느라 고갯짓도 하지 않습니다. 상반신은 반듯하게 세운 채 흔들지 않고 시선을 앞 어디쯤에 내려놓고서 하반신만 차분하게 대지를 딛습니다.

아침저녁으로 일정에 쫓겨 다니는 사람들의 자세를 보면 부처님의 걸음걸이와 참 다릅니다. 스마트폰을 보며 걷는 좀비족이 있는가 하면, 급한 마음에 앞 사람 구두 뒤축을 자꾸 치는 이들도 있습니다. '빨리 빨리'가 습관이 되어버린 사람들의 걸음걸이 자세는 몸이 앞으로 기울어 있습니다. 가끔은 부처님처럼 걸어보는 것도 여유를 찾는 데 도움이 될 것 같습니다.

부처님 걸음의 세 번째 특징은 신발을 신지 않으셨다는 점입니다. 이 또한 흥미롭습니다. 무소유의 삶을 마지막까지 좇으신 분이어서 그리하셨을 겁니다. 과거 생 헤아릴 수 없이 큰 공덕을 쌓은 덕분에 황금신발을 신을 정도의 과보도 얻었지만 부처님은 맨발의 삶을 선택했습니다.

부처님은 정확하게 언제부터 맨발이었을까요? 분명 까삘라국의 왕자였을 때는 누구보다 화려하고 폭신한 신발을 신으셨을 테지요. 부드러운 가죽으로 만들고 보석으로 장식하고 황금실로 꿰맨 신발이었을 것입니다. 그런데 수행하려고 성을 나와 사랑하는 말 칸타카를 타고 달려서 아노마강에 이르러 마부 찬나에게 당신의 모든 것을 건네주었을 때, 어쩌면 바로 이때 싯다르타 태자는 자신의 황금신발을 벗었으리라 짐작합니다. 신발을 벗어 찬나에게 건네준 그 날 이후 맨발이었고 반열반하실 때까지 쭉 그렇게 맨발이었을 것입니다. 그래서 사람들은 부처님을 '맨발의 붓다'라고 부르기를 좋아합니다.

그렇다고 승가의 모든 스님들이 부처님을 따라 전부 맨발이었던 것은 아닙니다. 발에 문제가 있는 제자들에게는 신발을 신어도 좋다고 하셨습니다. 그래서 어떤 제자들은 신발을 신고 다녔습니다. 그런데 정작 부처님, 당신은 맨발이었습니다.

부처님은 맨발이어서 어디를 가든 당신만의 독특한 발자국을 남겼습니다. 특징을 보자면, 가장 먼저, 부처님은 평발이라는 점입니다. 그러니 흙바닥을 걸을 때면 여느 사람들처럼 울퉁불퉁하거나 고르지 못한 자국이 아닌 아름다운 타원형의 발자국을 남깁니다. 그리고 또 다른 특징으로는, 발바닥에 아름다운 무늬가 새겨져 있어 그 자국을 고스란히 땅 위에 남긴다는 점입니다. 여느 사람들의 손바닥과 발바닥에 지문이 있는 것처럼 부처님도 그러하신데, 특히 부처님 발바닥에는 수레바퀴 모양의 지문이 가득 있다고 경전에서는 말합니다. 그래서 현명한 사람은 발자국만 보아도 부처님께서 방금 지나가셨다는 걸 알아차린다는 것입니다.

여기에 얽힌 아주 재미있는 일화가 있습니다. 꼬살라국에서 서북쪽으로 조금 올라간 곳에 자리한 나라 꾸루(Kuru)국의 도시 깜마싸담마에 살고 있는 바라문 마간디 이야기입니다. 바라문이란 인도 사회에서 가장 높은 사회적 지위를 누리며 신에게 제사지낼 수 있는 권리를 가지고 있는 계층의 사람입니다. 요즘으로 치자면, 식자층에 해당한다고도 볼 수 있습니다. 마간디 바라문이 아침 일찍 마을 밖으로 나가 신에게 등불을 바치는 의식을 올린 뒤 돌아오던 길에 저 멀리서 부처님을 보게 됐습니다.

그런데 길을 걸어오는 부처님 모습이 참 인상적이었나 봅니다. 마간디 바라문은 그 모습에 반해버렸습니다. 그는 생각했습니다.

'저 수행자야말로 내 딸에게 어울리는 사람이다.'

마간디 바라문에게는 딸이 하나 있었는데 어찌나 아름다웠던지 온 나라의 청년들이 탐냈습니다. 아버지는 아름다운 딸에게 정말 훌륭한 짝을 찾아주고 싶었습니다.

인품이 훌륭한 남자. 아버지 마간디 바라문이 찾던 사윗감의 조건은 이뿐이었습니다. 돈이나 지위, 권력… 이런 것은 중요하지 않았습니다. 그런데 이른 아침 저 멀리서 다가오고 있는 부처님을 보자 자신이 찾던 '사윗감'이라는 생각이 들었던 것입니다. 마간디는 서둘러 집으로 가서 아내에게 이 소식을 알렸습니다. 바라문의 아내 역시 그토록 찾아 헤매던 사윗감이 나타났다는 소식에 귀가 솔깃했습니다. 딸에게도 이 기쁜 소식을 알렸고, 그리하여 아버지와 어머니 그리고 이 혼사의 주인공인 예쁜 딸까지 세 사람이 그 정체불명의 사윗감을 따라 나섰습니다.

부처님은 어디로 가셨을까요? 다행이라면 부처님은 당신의 발자국을 길 위에 남겨놓으셨다는 것입니다. 불교문헌에서는 이렇게 말합니다. 부처님은 모든 길 위에 발자국을 남기는 것은 아니라고요. 당신께서 특별히 뜻하는 일이 있을 때에, 특별한 장소에만 발자국을 남긴다고 합니다. 그 발자국을 보고 부처님이 지나간 줄 아는 눈을 가진 사람은 부처님과의 인연(佛緣)을 맺게 되는 것이지요. 그날 아침도 그랬습니다. 부처님은 이 마간디 부부가 수행의 길에 들어설 인연을 맺을 때가 되었음을 알고 일부러 그 앞에 나타나셨고, 그리고 홀연히 사라지면서 발자국을 남겼습니다.

남편인 마간디 바라문은 사윗감이 어디론가 가버렸음을 알고 당황했지만 그의 아내는 현명했습니다. 바닥에 찍힌 남다른 발자국을 알아보는 지혜가 있었던 것이지요. 그 아내는 말했습니다.

"그냥 돌아갑시다. 이 분은 결혼 같은 것은 아예 생각이 없는 사람입니다."

"아니오. 당신이 직접 그 수행자를 봤다면 절대로 포기할 수 없을 것이오. 우리가 그토록 찾던 사윗감이란 말이오."

"땅에 남긴 발자국을 보면 알아요. 이런 발자국을 남기는 분은 아무리 아름다운 여인이 곁에 와도 마음이 흔들리지 않습니다. 욕망에서 완전히 벗어난 분이기 때문입니다."

그리고 이어서 이렇게 말합니다.

"욕심 많은 사람의 발자국은 가운데가 움푹 들어가 있어 그 모양이 고르지 않고, 화 잘 내는 사람의 발자국은 뒤꿈치 쪽이 유달리 깊이 내리 눌려 있지요. 어리석은 사람은 발을 질질 끌며 걷기에 발자국과 뒤꿈치 자국이 선명합니다. 하지만 지금 이 발자국을 보세요. 모든 속박에서 풀려나 자유로운 사람의 발자국입니다. 이런 발자국을 남긴 분은 스스로 깨어난 자, 붓다입니다."

아내의 노래를 듣고서야 남편은 정신을 차렸습니다. 부부는 딸의 사윗감을 찾으려는 열망을 접고 그대로 발자국을 따라갑니다. 그 이후는 어떻게 됐을까요? 두 사람은 부처님에게 나아가 가르침을 청해 듣고 제자가 됩니다. 그리고 두 사람은 성자의 세 번째 단계인 아나함과에 들었습니다. 최고 성자라 할 수 있는 아라한보다 한 단계 낮은 경지로서, 두 사람의 불연이 얼마나 두터운지 알 수 있습니다. 성자의 발자국을 따라간 사람도 성자가 되었다는 이 일화를 보자면, '걷는다'는 매일의 행위에 담긴 의미가 아주 묵직하게 다가옵니다.

서산대사는 이런 노래를 하셨지요.

"눈 덮인 길을 걸을 때 함부로 걷지 마라. 오늘 내가 걸은 자취는 뒷사람의 이정표가 될 것이다."

평생을 걸은 부처님은 이미 세상에서 가장 완벽하고 아름다운 발자취를 남기고 떠나가셨습니다. 부처님의 발자국을 따라 걷는 우리는 행자입니다. 우리 역시 길을 걷는 사람이지요. 부처님의 자취를 보면서 우리는 어떻게 걸어야 할 것인가를 생각하지 않을 수 없습니다. 부처님은 어떻게 수행하셨기에 그런 발자취를 남겼는지를 궁리해야 할 것입니다. 그렇게 궁리하면서 한 걸음 한 걸음 인생을 걸어가야겠지요. 그러지 않고 함부로 살다가는, 내가 남긴 발자국을 본 어느 눈 밝은 이에게 "이 사람은 지금 마음에 번뇌가 가득 차 있구나. 불자라면서 어떻게 이런 자취를 남길 수 있지?"라며 들켜버릴지도 모릅니다.

산다는 것은 걷는다는 것입니다. 걷는다는 것은 발자국을 남기는 일입니다. 아직은 부처님처럼 완성된 이는 아니지만, 길을 걷는 행자인 당신, 발자국은 어떠한가요?

부처님은 걸어갑니다.
늘 어딘가를 향해서 걸어가십니다.
아침에 일어나면 탁발을 하러 마을로 걸어 들어가고,
탁발을 하느라 집집마다 다니고,
탁발을 마치면 마을을 걸어 나옵니다.
한낮의 휴식과 명상을 위해서
나무나 숲을 찾아 걸어가고,
어딘가에서 열심히 수행하고 있을
제자를 찾아 걸어가고,
종교적 인연을 맺을 기미가 느껴지는 사람이 있으면
그곳을 찾아 부지런히 걸어가고,
선정에 머물러 계시다가 몸을 풀기 위해 하는 동작도
일정한 공간을 걸어 다니는 것입니다.

자기만의 방을
찾아서

어둠이 점점 무겁게 내려앉는 시각, 나는 막 작은 도시의 기차 역에 도착했습니다. 저녁 강의를 하기 위해서입니다. 대합실을 나오니 맵싸한 공기가 달려듭니다. 같은 기차에서 내린 사람들이 찬바람에 어깨를 움츠리고 종종걸음으로 광장을 빠져나가더니 순식간에 사라집니다. 다들 집으로 갔겠지요. 집에 가면 사랑하는 가족과, 주린 배를 따뜻하게 채울 밥상이 기다리고 있고, 온종일 직립으로 뻣뻣하게 굳어 있던 사지를 쭉 누일 수 있는 잠자리가 그들을 맞을 것입니다.

모두들 집으로 향하는 그 시각, 나만 혼자 저녁 강의를 하려고 집을 떠나 더 먼 곳을 찾아왔습니다. 텅 빈 광장에서 외로움이 몰려옵니다. 나만 홀로 길에 서 있고, 길을 걷고 있으려니 피곤해집니다. 나도 저들처럼 그냥 집에 가고 싶어집니다. '집'에 간다는 말은 무한정의 직선거리로 쭉 나아간다는 뜻이 아니라, 어딘가를 향해 하염없이 내달렸다가도 결국 자기 자리로 되돌아간다는 말이지요.

"집에 왔다."

아침에 일어나자마자 자동인형처럼 채비를 차리고 집을 나와 종일 일을 한 사람들에게 바로 이 "집에 왔다"는 말은 하루라는 인생을 온전히 마쳤다는 뜻이 됩니다. 그리고 내일을 위해 쉬겠다는 뜻입니다.

집이란 한 사람에게 어떤 존재일까요?

건축칼럼니스트 서윤영 씨는 '집'이란 말에 네 가지 뜻이 담겨 있다고 말합니다. 첫째는 가옥, 둘째는 가정, 셋째는 가풍, 넷째는 주거문화의 뜻입니다. 이처럼 우리가 말하는 '집'에는 물리적인 공간뿐만 아니라 정서적, 문화적인 모든 것이 다 담겨 있는 만큼, 한 사람의 삶에서 '집'을 떼어내면 그 사람은 아무 것도 아닌 존재라 말할 수 있습니다. 집에는 피로 이어진 사람들이 있고, 밥이 있고, 잠자리가 있고, 배우자와의 친밀한 신체적인 접촉이 있습니다. 집이 있어 우리는 살아가기 시작했고, 집을 떠난다는 것은 더 이상 살지 않는다는, 심하게는 죽는다는 뜻도 풍깁니다. 그 집이 내 소유가 아니어도 상관없습니다. 들어가 쉬고 누울 공간인 집은 누구에게나 있습니다. 따라서 집이 없는 사람, 집을 갖지 못한 사람, 집에 속해 있지 않은 사람은 불행한 사람일 것입니다.

그런데 이렇게 좋기만 한 집을 자발적으로 거부하는 경우도 있습니다. 출가가 그렇습니다. '집을 나오다'라는 이 말은, 한 인간의 전부라 해도 좋을 세상을 스스로의 뜻으로 거부한다는 뜻이 담겨 있습니다. '출가'에 해당하는 산스크리트어는 쁘라브라자까(Pravrājaka), 빠리브라자까(Parivrājaka)입니다. 이 말들은 '나아가다', '돌아다니다'란 뜻인데 중국의 역경승들은 '집을 나가다'라는 뜻의 출가(出家)라고 옮겼습니다.

집을 나가서 수행한다, 우리에게 가장 소중한 '집'을 동북아시아의 불교에서는 매우 부정적으로 여겼음에 틀림없습니다. 그러니 수행을 하려고 나아가는 사람, 산과 숲과 인간들의 거리를 돌아다니는 사람의 행위를 굳이 '출가'라고 불렀겠지요.

초기경전인 『숫따니빠따』에는 집에 사는 재가(在家)의 삶을 이렇게 표현합니다.

"재가자는 아내를 부양해야 하지만 덕을 행하는 자에게는 내 것이랄 게 없다. 이 둘은 사는 곳과 살아가는 방식이 다르다. 재가자는 남의 생명 해치는 일을 삼가기 어렵지만, 성자는 그런 일을 언제나 삼가며 다른 이의 목숨을 보호한다."

이 경문을 보자면, 그러니까 집에 사는 재가자는 가족을 부양

하느라 남의 생명 해치는 일을 멈출 수가 없는, 숙명적으로 악업을 지을 수밖에 없는 존재라는 말이 됩니다. 집에 대해 이런 생각을 품고 있는 부처님인지라, 소치는 사람 다니야(Dhaniya)와 나누는 이야기에서는 집에 대한 입장 차이를 확연하게 느낄 수 있습니다. 다니야가 먼저 노래합니다.

"밥도 다 지어놓았고, 우유도 다 짜놓았습니다. 마히 강가에서 가족과 함께 살고 있으며, 움막은 지붕이 덮여 있고 불도 지펴져 있습니다. 하늘이여, 비를 뿌리려거든 뿌리소서."

상상해 보시죠. 다니야의 이 노래대로라면 그 얼마나 행복하고 뱃속 편하겠습니까? 세간에 필요한 모든 일을 다 마쳤으니 바깥의 날씨가 어찌 되었든 난 괜찮다는 것입니다. 그런데 이에 대해 부처님이 노래합니다.

"분노하지 않아 마음의 황무지가 사라졌고, 마히 강가에서 하룻밤 지내면서 내 움막은 열리고 나의 불은 꺼져 버렸으니, 하늘이여, 비를 뿌리려거든 뿌리소서."

다시 다니야는 배우자를 예찬합니다.

"내 아내는 온순하고 탐욕스럽지 않아 오랜 세월 함께 살아도 내 마음에 흡족하며, 그녀에게 어떤 악이 있다는 말을 듣지 못하니, 하늘이여, 비를 뿌리려거든 뿌리소서."

배우자로 인해 행복하다는 목동을 향해 부처님은 노래합니다.

"내 마음은 내게 온순하고 해탈하였고, 오랜 세월 잘 닦여지고 아주 잘 다스려져, 내게는 그 어떤 악도 찾아볼 수 없으니,

하늘이여, 비를 뿌리려거든 뿌리소서."

부처님에게는 행복과 만족을 안겨 주는 배우자가 바로 자신의 마음이요, 배우자가 아닌 자기 마음을 잘 다스린 것이 행복이라는 것이지요. 이에 대해 다니야가 다시 노래합니다.

"나 자신이 일한 대가로 살아가고 건강한 나의 아이들과 함께 지내며, 내 아이들은 악하지 않으니, 하늘이여, 비를 뿌리려거든 뿌리소서."

인생의 즐거움이란 노동과 노동에서 오는 대가 그리고 자기가 낳은 자녀들이 잘 크는 걸 지켜보는 것 말고 또 뭐가 있을까요? 그런데 부처님은 이렇게 응답합니다.

"나는 누구에게도 대가를 바라지 않네. 내가 얻은 것으로 온 누리를 유행하므로 대가를 바랄 이유가 없으니, 하늘이여, 비를 뿌리려거든 뿌리소서."

이때 부처님과 목동 다니야의 노래를 듣던 악마가 이렇게 한 수 거듭니다.

"자식 있는 사람은 자식으로 기뻐하고, 소를 가진 이는 소로 인해 기뻐합니다. 집착하는 대상으로 말미암아 사람에게 기쁨이 있으니, 집착이 없는 사람에게는 기쁨도 없습니다."

부처님은 악마를 향해 이렇게 노래합니다.

"자식 있는 이는 자식으로 슬퍼하고, 소를 가진 이는 소 때문에 슬퍼합니다. 집착하는 대상으로 말미암아 사람에게 슬픔이 있으니, 집착이 없는 사람에게는 슬픔이 없습니다."

결국 집에 사는 삶이란 얽매이고 묶인 삶이요, 그러니 "흑단 나무가 잎을 떨어뜨리는 것처럼, 영웅으로서, 재가생활의 특징을 없애 버리고, 재가생활의 속박을 끊고, 무소의 뿔처럼 혼자서 가라"라고 권합니다.*

『숫따니빠따』의 해당 경문은 마치 래퍼들의 배틀 같습니다. 아무튼 집에 머물고 만족하는 것보다 무소의 뿔처럼 혼자서 가라고 권하는 것이 부처님입니다. 실제로 부처님은 왕궁을 나온 뒤로 집이 없이 살아갔습니다. 부처님은 돌아갈 집이 없는데도, 언제 어디에 계시거나 그곳이 당신의 집인 양 편안하게 머물렀습니다. 그런 걸 보면 부처님은 이 세상 어디든 당신이 현재 계시는 곳이 집이었던 것 같습니다.

반면, 목동 다니야처럼 숱한 사람들이 집을 예찬하고 집으로 돌아가지만 실상은 어떤가요? 사람들은 집에서 안식을 얻지 못하고 마음으로 방황을 합니다. 집은 우리를 편히 쉬게 하지 못하고 자꾸 무엇인가를 더 채우고 움켜쥐라고 내몹니다. 우리는 더 가지려고 애를 쓰고, 가진 것을 지키려고 고군분투하고, 그러다 잃어버리면 깊이 절망하고 울부짖습니다. 그래서 부처님은 세속의 집에는 근심, 슬픔, 우울, 불안, 괴로움이 도사리고 있다고 말씀하셨나 봅니다. 집을 가지고, 집에 살면서 그 속의

＊　전재성 옮김, 『숫타니파타』, 한국빠알리성전협회, 2013

행복이 전부라고 믿는 사람들은 집이 없는 부처님에게 삶의 의미를 묻습니다. 집을 나설 수 있는 용감한 사람에게만이 진정으로 위안과 평온이 깃든다고 숱하게 이르셨지요.

어둠이 내린 낯선 소도시 기차역.

저마다 집을 향해 바삐 흩어지고, 나만이 텅 빈 광장을 가로지르자니 집에 가고 싶어졌습니다, 저 사람들처럼….

하지만 부처님을 떠올렸습니다. 부처님이라면…, 부처님이라면 모두가 집으로 돌아간 시각, 법문을 베풀려고 도착한 낯선 거리를 집이라 여기셨을 것입니다. 평생 돌아갈 집을 구하지 않은 부처님을 떠올리자니, 마음이 놓입니다. 편안해집니다. 스산한 바람이 부는 낯선 거리에서 나는 조용히 이렇게 소리내어 말합니다.

"I'm home."

'집'에는 물리적인 공간뿐만 아니라
정서적, 문화적인 모든 것이 다 담겨 있는 만큼,
한 사람의 삶에서 '집'을 떼어내면
그 사람은 아무 것도 아닌 존재라 말할 수 있습니다.
집에는 피로 이어진 사람들이 있고,
밥이 있고, 잠자리가 있고,
배우자와의 친밀한 신체적인 접촉이 있습니다.
집이 있어 우리는 살아가기 시작했고,
집을 떠난다는 것은 더 이상 살지 않는다는,
심하게는 죽는다는 뜻도 풍깁니다.

제
4
장

믿음

침묵이 능사는
아니다

어느 부부에게 떡이 세 개 생겼습니다. 사이좋게 하나씩 나눠 먹었는데 정말 꿀맛이었습니다. 떡이 참 맛있어서 하나 더 먹고 싶은데 남은 떡은 딱 하나뿐이었습니다. 서로 상대 눈치만 보다가 한 사람이 제안했습니다.

"이제부터 무슨 일이 있든지 간에 먼저 말을 하는 사람이 지는 것이오. 이기는 사람이 이 떡을 먹기로 합시다."

떡 하나를 사이에 두고 부부는 내기에 들어갔습니다. 입을 열지 않고 몸짓과 눈짓으로 의사를 교환하면서 버텼습니다. 외마디 비명이라도 상대의 입에서 먼저 터져 나오기를 기대하면서 말이죠. 환한 낮이 지나고 밤이 찾아왔습니다. 어둔 방 안에서 부부는 떡 하나를 행여 빼앗길까 상대방을 지켜볼 뿐 등불을 켤 생각도 하지 않았습니다. 하필 이 때 문이 달그락달그락 소리를 냅니다. 평소 같으면 부부는 '누구지? 누가 오기로 했소?'라고 말을 건넬 텐데 오늘은 그러지 않았습니다. 떡이 걸려 있으니까요. 문이 살그머니 열렸고 누군가 조심스레 들어옵니다. 도둑입니다. 밖에서 집안 동정을 살피던 도둑이 아무런 인기척도 나지 않기에 빈집이거나 주인이 깊은 잠에 빠졌다고 생각하고서 문을 따고 들어온 것입니다.

그런데 집안에 들어선 도둑은 소스라치게 놀랐습니다. 주인 부부가 버젓하게 두 눈을 뜨고 있었기 때문입니다. 부부도 도둑을 발견하긴 했지만 소리를 낼 수가 없었습니다. 떡이 걸려 있으니까요. 그렇게 소리도 치지 않고 당황해서 상대방 얼굴만 쳐다보고 있었습니다. 들켰으니 도둑은 도망쳐야겠지요. 그런데 도망치려고 몸을 돌렸다가 문득 의아한 생각이 들었습니다.

'희한하네. 도둑이 들었는데도 왜 두 사람이 아무 말을 하지 않지?'

주인 부부를 시험해 보고 싶어진 도둑은 그들이 보는 앞에서 집안 물건 하나를 제 보따리에 넣었습니다. 남편과 아내의 두 눈이 커졌습니다. 그런데 둘 다 아무 말 하지 않았습니다. 부부는 두 사람 사이에 놓인 떡 하나를 응시하면서 서로 상대방의 얼굴을 사납게 훑어보고 째려볼 뿐입니다. 상대를 바라보는 표정에는 불만이 가득 찼습니다.

담이 커진 도둑은 집안에서 돈이 될 만한 물건을 하나하나씩 제 보따리에 쓸어 담았습니다. 그래도 부부는 조용했습니다. 도둑은 이 부부에게 뭔가 일이 생긴 게 틀림없다고 결론을 내렸습니다. 도둑에게 장난기가 일었습니다. 슬쩍 그 집의 아내에게 손을 뻗쳤습니다. 아내는 심하게 몸서리를 쳤습니다. 그런데 남편은 이런 광경을 보면서도 아무 말을 하지 않았습니다. 소리를 냈다가는 떡을 빼앗기기 때문입니다. 도둑은 그 아내에게 노골적으로 추근거리기 시작했습니다. 온몸을 비틀며 저항하던 아내는 결국 참지 못하고 소리쳤습니다.

"이 못된 놈아. 지금 무슨 짓을 하는 거야!"

아내의 비명에 남편이 소리쳤습니다.

"이겼다! 떡은 내 거다."

『백유경』 67번째 이야기입니다. 경에서는 이 에피소드를 들려준 뒤에 다음과 같이 설명을 달고 있습니다.

"범부들도 이와 다르지 않다. 모두들 조그만 명예나 이익을 위하여 옳지 않은 일을 보아도 잠자코 조용히 있다. 그러다가 헛된 번뇌와 갖가지 악한 도둑의 침략을 받아 선법(善法)을 잃고 삼악도에 떨어지게 된다. 그런데도 두려운 줄 모르고 수행하려 들지 않는다. 여전히 다섯 가지 욕망에 빠져 놀면서 무사태평이니, 떡 하나에 정신이 팔려서 소중한 것을 빼앗겨도 그 위태로움을 모르는 저 어리석은 사람과 다름이 없다."

여기서 다섯 가지 욕망이란 눈, 귀, 코, 혀, 몸(5근)을 단속하거나 절제하지 못해 눈으로 보는 색, 귀로 듣는 소리, 코로 맡는 냄새, 혀로 보는 맛, 몸으로 느끼는 감촉(5경)에 마음이 이끌리고 집착하는 것을 말합니다. 그러니 바깥의 모든 대상(法)들을 가리킨다고 할 수 있습니다.

위의 이야기에서는 맛있는 떡이 다섯 가지 욕망에 해당합니다. 보기 좋고 냄새 좋고 맛 좋고 식감 좋은 떡에 집착을 한 바람에 소중한 아내가 위험에 처해 있어도 나 몰라라 하고 있는 남편의 어리석음에 빗대어, 옳지 않은 일을 겪고 있으면서도 '꿀 먹은 벙어리'가 되어 괴로움을 당하고 있는 중생을 질타하는 이야기입니다.

불교 집안에서 무심코 하는 말이 있습니다.

"구업 짓지 마라!"

그래서 불자들은 가급적 말을 아낍니다. 말을 하는 것 자체가 업을 짓는 일이요, 그건 결국 괴로움만 불러온다고 믿기 때문입니다. 말을 해야 되는 상황임에도 불구하고 내가 말하면 세상이 시끄러워지니 침묵한다는 것이지요.

하지만 정말 그럴까요? 과연 '구업'은 짓지 말아야 하는 것일까요? 구업이란 아시다시피 입으로 짓는 업, 그러니까 말을 뜻합니다. 구업을 짓는다는 것은 '말을 한다'는 뜻이지요. 업에는 세 종류가 있으니 몸으로 짓는 업(행동), 입으로 짓는 업(말), 뜻으로 짓는 업(생각)입니다.

그런데 업에 대해 아주 커다란 오해를 품은 사람들이 많습니다. 업을 부정적인 것으로만 생각하고 있다는 것입니다. 그래서 업을 짓는다는 것이 아주 씻지 못할 죄를 짓는 것이라 여기는데 이것은 착각이고 오해입니다. 업에는 선업과 악업의 두 종류가 있기 때문입니다.

부처님은 수도 없이 말씀하십니다. "선업을 지으십시오"라고요. 물론 선업을 짓기 전에 먼저 살펴야 할 것이 있습니다. 우선 악업부터 멈추는 일입니다. 자신이 하고 있는 일이 선업인지 악업인지 잘 살펴서 그것이 악업이라면 그것부터 멈추어야 하며, 그리고 선업을 지어야 한다고 부처님은 말씀하십니다. 일곱 부처님께서 공통으로 당부하시는 노래인 칠불통계게(七佛通誡偈)에도 분명히 이렇게 쓰여 있습니다.

"모든 악은 짓지 말고, 모든 선은 힘써 행하며, 그 마음 스스로 맑게 하라. 이것이 모든 부처님의 가르침이다."

그러니 악업을 짓지 않는 것에서 멈추지 않고, 선업을 지어야 하며, 선업 짓는 일만 전부가 아니라 선업을 짓는 틈틈이 자신의 마음을 잘 살펴서 번뇌를 없애는 것이 과거와 현재와 미래 모든 부처님이 공통적으로 중생들에게 당부하는 가르침이란 말입니다.

그렇다면 이제부터는 "구업 짓지 마라!"가 아니라 "입으로 짓는 악업(口惡業)은 멈추고, 입으로 선업(口善業)을 지어라!"라고 해야 합니다. 입으로 짓는 악업은 네 가지가 있습니다. 거짓말, 이간질하는 말, 거친 말, 꾸며대는 말입니다. 입으로 지어야 할 선업은 이 네 가지 악업을 멈추는 것인데 초기경전인 『맛지마 니까야』 「살레야카 숫따(살라 마을 장자들을 위한 경)」'에 의하면 다음과 같습니다.

첫째, 거짓말을 떠나고 삼갑니다. 증인이 된 자리에서 추궁이나 질문을 받을 때, 모르면 모른다고 대답하고 알면 안다고 대답해야 합니다. 보지 못했다면 보지 못했다고 대답하고 봤으면 봤다고 대답해야 합니다. 이와 같이 자신을 위하여, 타인을 위하여, 혹은 뭔가 이득을 위하여 고의로 거짓말을 하지 않습니다.

둘째, 이간질을 떠나고 삼갑니다. 여기서 들은 말을 저기에 말하여 이쪽 사람들의 화합을 깨지 않습니다. 혹은 저기에서 들은 말을 여기에서 말하여 저쪽 사람들의 화합을 깨지 않습니다. 말을 할 때에도 사람들 사이를 갈라놓는 말이 아니라 화합하게 하는 말을 합니다.

셋째, 거친 말(욕)을 버리고 삼갑니다. 나아가 말이 부드러워 듣기 좋고 유쾌하고, 우아하고, 많은 사람이 그 말을 듣기를 바라고, 들으면 좋아할 만한 말을 합니다.

넷째, 과장하여 꾸며대는 말을 버리고 삼갑니다. 때맞추어 말하고, 사실을 말하고, 뜻 있는 말을 하고, 성자의 가르침을 말하고, 윤리에 어긋나지 않은 말을 하고, 올바른 때에 근거 있고, 이치에 맞고, 절제하고, 유익한 말을 합니다. 이것이 바로 입으로 선업을 짓는 것입니다.

초기경전에서 부처님은 세속의 재가불자들에게 이와 같은 말을 하라고 적극적으로 권하십니다.

침묵이 금이라고 하지만, 침묵이 능사는 아닙니다. 게다가 우리 사는 세상에 침묵도 중요하지만, 말을 해야 할 때 제대로 하는 것이 더 중요합니다. 그게 선업입니다. 옳지 않은 일이 벌어졌다면, "그것은 옳지 않다"고 말을 해야 합니다. 그래서 그 옳지 않은 일을 막아야 합니다. 하지만 떡에 집착해서(탐욕), 내가 먹을 떡을 다른 이가 빼앗아 먹을까봐 화가 나서(성냄) 사람들은 입을 다뭅니다. 게다가 떡 하나 챙기느라 자신이 어떤 소중한 것을 잃어버렸는지도 모릅니다(어리석음).

탐진치 삼독에 눈이 멀어서 말해야 할 때 입을 다물어버린다면, 이야기 속 가련한 남편과 무엇이 다른지 생각해봐야 할 것입니다.

침묵이 금이라고 하지만,
침묵이 능사는 아닙니다.
게다가 우리 사는 세상에 침묵도 중요하지만,
말을 해야 할 때 제대로 하는 것이 더 중요합니다.
그게 선업입니다.
옳지 않은 일이 벌어졌다면,
"그것은 옳지 않다"고 말을 해야 합니다.
그래서 그 옳지 않은 일을 막아야 합니다.

행복과 불행은
한몸이다

외딴집에 홀로 살아가는 남자가 있습니다. 그럭저럭 돈벌이로 생계는 잇고 있지만 그닥 인생이 자기편이라는 생각이 들지는 않아 그냥저냥 세월을 흘려보내고 있는 사람이지요. 어느 날 밤, 그날도 하루 일을 마치고 조용히 잠자리에 들 때였습니다. 특별히 즐거운 일은 일어나지 않았고, 딱히 슬퍼할 일도 생기지 않았고, 횡재하지도 않았고, 횡액을 당하지도 않았고, 자신을 찾아온 친구도 없었고, 만나 보고 싶은 사람도 없었던, 평범한 하루를 막 보낸 참이었습니다. 오늘이 그랬듯이 내일도 다르지 않겠지요. 남자는 잠자리에 들 채비를 마치고 불을 끄려 합니다. 그때, 똑똑 문을 두드리는 소리가 들렸습니다.

"안에 누구 계시지 않나요? 문 좀 열어주세요."

세상에, 여자 목소리였습니다. 고운 여자 목소리가 다 늦은 시각에 그의 문 밖에서 문을 열어달라는 것입니다. 그는 쭈뼛쭈뼛 문가로 가서 걸쇠를 풀고 문을 조금 열었습니다.

"대체 누구요?"

"문 좀 열어주세요. 저, 오늘 하룻밤만 묵고 가게 해주실 수 없나요?"

그런데 문틈 사이로 보이는 여인의 모습에 남자는 넋을 잃었습니다. 곱고도 고운 젊은 여인이 문밖에 서 있었지요. 입성도 매우 고상하고 화려했는데, 예쁜 얼굴은 말할 것도 없지만 이 여인에게는 귀티가 흘렀습니다. 귀족적인 용모와 분위기를 갖춘데다 안에 들여보내달라고 간청하는 목소리도 아름다웠고, 물론 말본새마저 우아하기 이를 데가 없었습니다. 게다가 화려한 보석으로 치장까지 했습니다. 이런 여인이 자신의 집 문밖에 서서 제발 들여보내 달라고 간청하는 것입니다. 믿을 수 없는 일입니다. 이런 일이 일어나기도 하는군요. 행운이란 바로 이런 것이지요. 망설이다 놓치면 그보다 더한 불행도 없을 것입니다.

남자는 문을 활짝 열었습니다.

"어서 들어오시오."

가볍게 문안으로 들어서는 여자에게 남자가 조심스레 물었습니다.

"실례지만 누구신가요? 무슨 일을 하시고, 어쩌다 이 늦은 시각에 이곳까지 오게 되셨나요?"

여자가 대답했습니다.

"나는 공덕천입니다. 내가 가는 곳은 어디든 행복이 넘칩니다. 나는 사람들에게 행운을 안겨주는 신이지요. 사람들은 언제나 내게 돈을 벌게 해 달라, 건강하게 해 달라, 좋은 사람을 만나게 해 달라, 행복하게 해 달라고 빕니다. 그런 사람들을 찾아다니며 그들이 원하는 것을 다 들어줍니다."

이 늦은 밤에 자신을 찾아온 존재가 행운의 여신이란 사실이 믿기지 않았습니다. 남자는 감격했습니다. 이제는 그야말로 고생 끝, 행복 시작이라고 생각했죠. 게다가 청하지도 않았는데 제 발로 찾아온 행운입니다. 남자는 서둘러 공덕천이 앉을 자리를 마련했습니다. 공덕천이 우아하고 아름다운 몸짓으로 자리를 잡고 앉자 남자는 진심으로 공손히 허리를 숙였습니다.

"잘 오셨습니다. 비록 제가 공덕천님을 맞을 만큼 복을 지었는지는 모르겠지만 이렇게 오신 것을 보면 분명 제가 언젠가 복을 짓기는 했나 봅니다. 정말 잘 오셨습니다."

그런데 그때 문이 삐걱 열리더니 누군가가 들어왔습니다. 고개를 돌린 남자는 비명을 질렀습니다. 들어온 사람은 여인이었는데 한눈에 봐도 불쾌한 모습이었습니다. 무엇보다도 그 몸에서 악취가 풍겼습니다. 코를 감싸 쥐고 물러서게 만드는 이 여인, 게다가 차림새는 어쩌면 이렇게도 흉측한가요. 더럽기 짝이 없는 넝마를 대충 기워서 몸에 두르고 있었습니다. 얼굴은 또 어떻습니까. 거무튀튀한 안색에 얼굴에는 쭈글쭈글 주름이 가득하고, 눈곱이 끼고 침을 흘린 자국도 닦아내지 않은 모습이었죠.

"나도 좀 들여보내 주시오."

엎친 데 덮친 격이라고 하나요. 이 여자가 입을 여니 입냄새가 지독해서 구토가 날 지경입니다. 남자는 화가 났습니다. 지금 막 자신을 찾아온 아름다운 공덕천과 함께 하려는 참인데 이 행운을 단번에 깨려는 듯 뒤이어 이런 '재수가 없는' 여자가 끼어들었기 때문입니다. 너무나도 아름다운 공덕천 여신의 얼굴을 막 본 터인지라 남자의 충격은 더욱 컸습니다. 그저 보기만 해도 불쾌하고 불길해졌습니다.

"당신은 누구요. 누군데 허락도 하지 않았는데 함부로 들어오는 것이오?"

벌컥 화를 내며 묻는 남자에게 이 추레한 여인은 아무렇지도 않은 듯 대답합니다.

"나는 흑암천입니다."

남자는 소름이 끼쳤습니다. 그 목소리마저 저 지옥의 불길을 뚫고 나온 듯 듣는 이의 귀를 강하게 찔렀습니다.

"흑암천이라니요, 그렇다면 당신이 바로 그 어둠의 신이란 말입니까?"

"그래요. 나는 가는 데마다 그 집의 재산을 다 없애버리지요. 그래서 나는 사람들에게 손해와 불행을 안겨 주는 신입니다."

남자는 무기가 될 만한 것을 서둘러 찾아 들었습니다. 그리고 흑암천을 향해 소리쳤습니다.

"목숨이 아깝거든 썩 나가라. 이 집은 네가 올 곳이 아니다."

자기 앞에 흉기를 들이대며 나가라고 외치는데 흑암천은 태연스레 대꾸합니다.

"참 어리석은 사람이로군요."

"어리석다니, 재앙을 불러오는 신을 내쫓는 내가 어찌 어리석다는 것이냐? 잔말 말고 썩 꺼져라."

"이보세요. 당신은 방금 전에 아름다운 여인을 집안에 맞아 들였습니다. 그 여인은 내 언니지요. 그런데 언니와 나는 한 몸입니다. 나를 내쫓으려면 저 아름다운 언니도 함께 내보내야 하는데, 그걸 모르니 어리석은 거지요."

그때 집안에 들어와 있던 공덕천이 아름다운 입을 열고 부드럽게 말했습니다.

"내 동생을 들여보내 주세요. 동생 말이 맞아요. 우리는 언제나 함께 다닙니다. 함께 한 자리에 있지요. 지금까지 나는 동생과 떨어져 지낸 적이 없습니다. 어디를 가든 누구를 만나든 나는 그에게 이로움을 안겨 주고 동생은 그에게 손해를 안겨 줍니다. 나는 그에게 좋은 일을 이루게 해 주고 동생은 그에게 불행을 안겨 주지요. 우린 한 몸입니다. 그러니 나를 이 집안에 들이려면 동생도 들여보내 주고, 동생을 내쫓으려면 나도 내쫓으시지요."

남자는 머릿속이 어지러워졌습니다. 어떻게 하면 좋을까요? 바라보기만 해도 행복해지는 저 아름답고 기품 있는 공덕천만 들이고 싶은데, 하나만 들일 수 없는 법이라고 합니다.

　대승경전인 『대반열반경』에 등장하는 이 이야기는 사람들에게 널리 알려져 있지요. 사회 각 분야에서 활동하는 사람들도 이 내용을 자신들의 칼럼에 아주 많이 인용하며 "행복과 불행은 한몸이다. 그러니 일희일비하지 말라"는 주제라고 친절하게 설명을 해 줍니다.

　그런데 『대반열반경』의 메시지는 사실 좀 다릅니다. 앞서의 남자는 잠시 생각에 잠기다가 굳게 마음을 먹고 말하지요.

　"나는 둘 다 거부합니다. 그러니 내 집에서 나가시오."

　두 여신은 조금도 망설이지 않고 남자의 집을 떠났습니다. 그는 아주 짧은 순간이나마 공덕천의 출현에 설레기도 했지만 불행도 똑같이 맞아야 한다는 것을 알았을 때 이런 판단을 내린 자신이 자랑스러웠습니다. 한편, 이 두 여신은 그 집에서 멀리 떨어지지 않은 어떤 집을 찾았습니다. 이 집은 앞서의 집보다 훨씬 가난했지요. 똑똑 문을 두드린 공덕천, 그리고 그 뒤에 숨어 있다 슬그머니 발을 들이미는 흑암천. 그런데 이 가난한 집 남자는 문을 활짝 열고 둘 다를 맞아들입니다.

　"나는 가난합니다. 이런 나를 가엾게 여겨서 공덕천께서 찾아오신 걸 압니다. 그런 공덕천님의 마음이 고마워서 흑암천님도 저는 환영하는 것입니다. 두 분 다 오래오래 제 집에 머물러 주십시오."

『대반열반경』에서 두 번째로 등장하는 남자를 '가난한 집'이라고 설정한 경전 표현이 의미심장합니다. 여기서의 가난은 재물이 아닌, 지혜가 없는 것을 말합니다. 지혜가 없기에 아무 것이나 덥석 잡고, 자기 좋은 쪽으로 해석하고 집착합니다. 좋은 점만 보고, 좋게만 생각하는 것도 살아가는 나름의 지혜일 수 있지만 불교에서는 이런 사람을 '가난하다'고 말합니다. 좋은 면만 보고 가겠다며 굳이 그 이면의 실상에는 눈을 감는 어리석은 중생입니다. 지혜가 없어 가난한 사람은 결국 행운의 이면에 숨어 있는 불행에 덜컥 발목이 잡혀 울부짖게 마련이라는 것입니다.

설마 자신에게까지 이런 일이 일어날 줄은 몰랐다며 울부짖는 사람, 행운을 대할 때도 이마저도 무상하리라는 걸 꿰뚫는 눈을 가지지 못한 사람은 지혜가 가난한 사람입니다. 그래서 불행을 불러들이니 울어봐야 소용없습니다. 알고도 스스로가 맞아들였기 때문입니다.

남자는 잠시 생각에 잠기다가
굳게 마음을 먹고 말하지요.
"나는 둘 다 거부합니다.
그러니 내 집에서 나가시오."
두 여신은 조금도 망설이지 않고
남자의 집을 떠났습니다.
그는 아주 짧은 순간이나마
공덕천의 출현에 설레기도 했지만
불행도 똑같이 맞아야 한다는 것을 알았을 때
이런 판단을 내린 자신이 자랑스러웠습니다.

옷 을 입 다

당당하고
아름답게

부처님이 출가하기 전 싯다르타 태자였을 때 어머니는 마하빠
자빠띠입니다. 태어난 지 7일 만에 생모인 마야왕비가 세상을
떠나자 갓난아기 싯다르타 태자를 제 자식보다 더 정성들여 키
운 어머니입니다. 금이야 옥이야 키운 아들이 집을 떠나 수행자
가 되었고, 수많은 제자를 거느린 스승이요, 세상에서 가장 존
귀한 붓다가 되어 돌아왔을 때 그 감동을 어찌 다 말로 표현할
수 있을까요?

　그 후 부처님을 향한 마하빠자빠띠의 애정은 세속 어머니의
자식 사랑과는 결이 다른 방향으로 깊어졌습니다. 번뇌를 없애

는 길을 일러주는 스승을 향한 흠모의 마음이 디해졌다고 해야 할까요? 그래서 그 고마움을 갚기 위해 그녀는 결심합니다. 직접 옷감을 짜서 부처님께 올리기로 한 것이지요. 왕비는 제 손으로 한 올 한 올 짜 올려 옷감을 완성해서 부처님에게 올립니다. 하지만 부처님은 당신 개인에게 올리지 말고 승가에 올리기를 권합니다. 서운해 하는 마하빠자빠띠를 대신해서 아난다 존자가 부처님에게 받아 주십사 간청했다는 일화가 초기경전에 전해지고 있습니다.

빈부귀천을 가리지 않고 수많은 사람들이 부처님에게 귀의했습니다. 가르침을 청해 듣고 행복해진 그들은 어떻게든 마음을 담은 선물로 보답하려고 했습니다. 하지만 일체의 소유물을 지니지 않은 부처님에게 딱히 필요한 물건은 없었습니다. 그나마 옷은 입어야 하니까 재가자의 시주물 가운데 가장 큰 비중을 차지한 것은 옷이었을 것입니다. 특히 부유층 사람들이 값비싼 옷감을 공양올렸음을 짐작할 수 있습니다.

비록 세속을 떠났다 해도 부처님에게는 이처럼 비싸고 좋은 옷감이 늘 선물로 주어졌던 것은 다 이유가 있습니다. 세세생생 인간으로 태어나서 살아가면서 화를 내지 않았기 때문이요, 절망하지 않았고, 말을 많이 하더라도 비난하지 않았고, 악의를 가지지 않았고, 공격적이지 않았고, 분노와 증오와 후회를 드러내지 않았기 때문입니다. 그리고 여기에서 멈추지 않고 상대방에게 언제나 부드럽고 포근한 옷감을 베풀었다고 합니다. 이렇게 선업을 지었기 때문에 이번 생에 부처님은 자마금(紫磨金)빛깔의 피부를 지녔습니다. 자마금이란 붉은 빛깔이 감도는 최상급의 금을 말합니다. 절에 가면 만나는 불상이 금빛인 이유는 바로 여기에서 유래하는 것입니다. 이렇게 부처님 온몸이 황금빛으로 반짝이는 것은 "아주 부드러운 질감의 옷감을 얻는다"는 것을 상징한다고 경전에서는 말합니다. 불상을 조성하면서 사람들의 정성이 담긴 귀한 옷을 다 표현할 수 없기에 어쩌면 좋은 빛깔을 상징하는 황금빛으로 부처님 피부를 표현한 것이 아닌가 추측도 해 봅니다.

그런데 부처님은 신자들의 마음이 담긴 좋은 옷감을 그대로 입지 않았습니다. 아름다운 염료로 염색된 그 옷감을 굳이 다시 물들이거나 선명하고 빛깔 고운 염료를 빼서 이도저도 아닌 빛깔의 가사로 다시 만들어 입었습니다.

부처님과 스님들의 법복을 뜻하는 말인 가사는 카사야(Kasaya)라는 인도말을 음역한 것으로, 선명하지 않다, 곱지 않다라는 뜻을 지닌 말입니다. 어떤 특정한 옷을 말하는 단어가 아니라 선명한 빛깔의 옷감에서 그 염료를 뺀 것이라는 말입니다. 한문으로는 괴색(壞色)이라고도 부르지요. 수행하는 사람이라면 선명한 빛깔의 옷이 아니라 한 톤 다운이 된 빛깔의 옷을 걸쳐야 하는데, 옷을 입는 목적이 속세 사람들과는 다르기 때문입니다. 속세 사람들은 옷으로 자신의 신분을 드러내고, 옷으로 자신의 재력을 자랑합니다. 옷은 권위를 나타내기에 다시 없이 좋은 수단입니다. 그래서 경제적으로 여유가 생기면 좋은 옷을 마련하는 것이 속세 사람들의 살아가는 방식입니다.

하지만 수행자는 권력과 부와 명예가 부질없음을 갈파한 사람입니다. 그에게 있어 옷이란 수행을 위해 꼭 필요한 필수품에 지나지 않습니다. 『십주비바사론』에는 수행자가 법복(가사)을 입어서 얻는 열 가지 이익을 다음과 같이 설명합니다.

첫째, 몸을 가려 주어 부끄럽지 않게 해 줍니다. 둘째, 추위와 더위, 모기나 독충을 막아 줍니다. 셋째, 수행자로서의 행동거지를 드러내고, 진리를 숭상하는 모습을 보여 줍니다. 넷째, 이 세상 모든 이들이 보고서 공경하고 존중하는 마음을 내게 해 줍니다. 다섯째, 선명한 빛깔의 옷감을 다른 빛깔로 물들임으로써 세속의 물건들에 대해 싫증내고 떠나려는 마음을 지니게 해 주며, 나아가 좋은 것을 탐내지 않게 해 줍니다. 여섯째, 고요한 해탈열반의 경지를 얻어서 번뇌에 불타지 않게 해 줍니다. 여덟째, 법복을 입는 것으로 족할 뿐 몸을 치장할 다른 것들을 필요로 하지 않게 해 줍니다. 아홉째, 법복을 입고서 여덟 가지 거룩한 길을 따르며 닦게 해 줍니다. 열째, 힘써 수행하고 도를 닦으며, 아주 잠깐이라도 번뇌에 물든 마음으로 법복을 입지 않겠노라 다짐하게 해 줍니다.

이런 내용을 담고 있기에 수행자의 옷에는 여러 이름들이 붙습니다. 법답게 지은 옷이란 뜻으로 여법의(如法衣), 해탈을 구하는 사람들이 입는 옷이란 뜻에서 해탈의(解脫衣), 번뇌라는 때를 씻어내려는 사람들이 입는 옷이요, 그래서 이 옷을 입으면 번뇌가 사라지기 때문에 무구의(無垢衣), 세상 사람들이 추구하는 가장 훌륭한 복을 낳게 하는 옷이라는 뜻에서 복전의(福田衣), 이 법복을 입으면 세상 사람들을 행복하게 해주고 길한 일이 생기도록 해준다는 뜻에서 길상복(吉祥服)이란 이름이지요.

수행자의 옷을 분소의라고도 부릅니다. 분소의란 세상 사람들이 입다가 버린 헌 옷가지로 만든 법복입니다. 수행자가 입을 수 있는 옷감은 다음과 같았습니다. 즉, 소가 씹거나 쥐가 갉아 먹은 옷감, 여인의 생리혈이 묻어 버려진 옷감, 출산하는 여인이 온몸의 불순물을 다 묻힌 바람에 버린 옷감, 죽은 사람을 감쌌던 옷감, 무덤가에 버려진 옷감 등입니다. 이런 옷감들은 당시 인도 사회에서 부정 탔다고 해서 아무도 가져가지 않는 물건이었습니다. 무소유를 원칙으로 한 수행자들은 기꺼이 이런 옷감을 주워서 자신의 법복으로 삼았습니다. 게다가 부처님은 딱 세 벌의 옷만 지니도록 규칙을 세웠습니다.

"내가 초저녁에 한데에 앉을 때는 옷 하나를 입었고, 밤중이 되어 추위를 느껴 두 번째 옷을 입었고, 새벽이 되어 더욱 추위를 느껴 세 번째 옷을 입었다. 그러므로 오는 세상에 사람들이 추위를 견디지 못하거든 세 벌의 옷만을 갖게 하면 족할 것이다. 나는 이제 비구들에게 세 가지 옷만을 가지도록 규칙을 정하겠다."

『사분율』에 나오는 이야기입니다. 아무리 값비싼 옷감을 선물 받았다 해도 일부러 그 옷의 빛깔을 무너뜨려 옷을 공양올린 자의 사회적 신분이나 재력이 떠오르지 않게 했을 뿐더러 받는 자들 역시 옷에 대한 집착이나 욕심을 일으키지 않았습니다. 가 짓수마저도 세 벌로 한정해서 소유에 따른 번뇌와 갈등을 없앴습니다. 경전에서는 부처님의 옷 입는 방법까지도 설명하고 있습니다. 옷이 몸에 꽉 끼거나 너무 느슨하지 않게 입으며, 너무 높게 걸치거나 너무 낮게 걸치지 않으며, 바람이 불 때 나부낄 정도로 헐렁하게 걸치지 않았다고 합니다. 그리고 날마다 이른 아침이면, 소박한 빛깔의 법복을 단정하고도 편안하게 입고서 천천히 마을을 향해 탁발을 하러 내려옵니다. 부처님과 당시 승 가는 이렇게 옷을 입었습니다.

그렇다면 우리 세속 사람들의 옷 사정은 어떤가요? 패스트푸드 시대에 걸맞게 요즘은 패스트패션 시대라고 합니다. 값싸게 옷을 사서 한 철 입고 내다 버린 뒤에 다시 옷을 사 입는 것입니다. 옷값이 싸진 것은 고맙지만 옷장에 넘쳐나는 옷, 그리고 헌 옷수거함에 가득 쌓인 옷들을 볼 때마다 저 또한 욕심과 번뇌의 찌꺼기인가 싶어 한숨이 절로 납니다.

하지만 우리는 다양한 옷들이 필요합니다. 의미 있는 자리일 수록 어떤 옷을 입느냐에 일의 성사가 달려 있는 경우가 많고, 또 옷차림으로 나의 존재감을 알리는 것이 보통 사람들이기 때문입니다. 그래서 여러 종류의 옷들이 옷장에 가득합니다.

경전 속에서 불자들은 '흰 옷의 재가신자'라 불립니다. 화려한 옷이나 격조 있는 옷으로 자신의 신분을 과시하는 일상생활에서 잠시 물러나 수행처에 머물 때는 모든 장식품을 몸에서 떼어내고 고결하고 소박한 흰색으로 갖춰 입습니다.

『부사의광보살소설경』이란 제목의 경이 있습니다. 보통 사람들의 생각을 훌쩍 넘어선 신비로운 빛(不思議光)으로 세상을 환히 비추는 보살이 들려주는 경이란 뜻이지요. 이 경에는 마음 공부를 하는 사람이 입어야 할 스물 네 가지 옷을 소개하고 있습니다. 하나씩 살펴보기로 하지요.

첫 번째 옷은, 부처님 지혜를 얻으려는 마음입니다. 자기 번뇌를 없애는 데에 만족하지 않고 성과 속의 차별을 넘어서서 궁극적인 부처님 경지에 도달하려는 마음을 옷으로 삼아야 합니다.

두 번째 옷은, 부끄러워할 줄 아는 마음입니다. 스스로 돌이켜서 부끄러워할 줄 알고, 남을 대하기에도 떳떳하지 못함에 창피한 줄 아는 마음을 옷으로 삼아야 합니다.

세 번째 옷은, 서원입니다. 이 세상에 살아가고 있는 모든 이들을 잘 다스려서 그들을 허물없이 살아가게 하려는 굳센 서원을 옷으로 삼아야 합니다.

네 번째 옷은, 정직함입니다. 세상의 모든 일들을 분명하게 분별할 줄 알기 때문에 늘 정직하고 거짓이 없으니 이것을 옷으로 삼아야 합니다.

다섯 번째 옷은, 정진입니다. 미혹과 거짓을 완전히 끊어버렸기 때문에 머뭇거리지 않고 부지런히 정진을 하는 것으로 옷을 삼아야 합니다.

여섯 번째 옷은, 기쁨입니다. 세상의 선(善)을 다 갖추었기 때문에 그 마음이 기쁘니, 보살은 그런 마음을 옷으로 삼아야 합니다.

일곱 번째 옷은, 교만함을 버리는 일입니다. 부처님의 모든 가르침을 완벽하게 배웠기 때문에 교만함을 버리는 것을 옷으로 삼아야 합니다.

여덟 번째 옷은, 진리를 본받으려는 마음입니다. 모든 선정을 완전하게 이루었기 때문에 한 걸음 나아가 법을 듣고 본받으려고 마음을 일으키는 것을 옷으로 삼아야 합니다.

아홉 번째 옷은, 지혜와 관련해서 교만한 마음을 일으키지 않는 것입니다. 모든 것이 공하다는 반야바라밀을 완벽하게 이뤘기 때문에 지혜에 있어 교만한 마음을 일으키지 않는 것으로 옷을 삼아야 합니다.

열 번째 옷은, 이익입니다. 이미 마음은 집착을 떠나 지혜를 완벽하게 갖추었기 때문에 가장 가치 있는 이익을 내는 것으로 옷을 삼아야 합니다.

열한 번째 옷은, 보시입니다. 모든 이들을 가엾게 여겨서 지혜를 갖추었기 때문에 저들이 바라는 대로 아낌없이 주는 것을 옷으로 삼아야 합니다.

열두 번째 옷은, 지계입니다. 깨달은 자가 갖춰야 할 신체적 특징(상호)을 완벽하게 갖추었기 때문에 맑고 티 없는 계율을 지키는 것을 옷으로 삼아야 합니다.

열세 번째 옷은, 인욕입니다. 서원을 완벽하게 이루었기 때문에 화합하고, 욕됨을 참는 것으로 옷을 삼아야 합니다.

열네 번째 옷은, 정진입니다. 마침내 청정한 음성을 완벽하게 갖췄기 때문에 굳게 정진하며 게으름을 피우지 않으며 물러나지 않는 것으로 옷을 삼아야 합니다.

열다섯 번째 옷은, 선정입니다. 모든 일에서 완전하게 벗어났기 때문에 온갖 선정과 해탈삼매를 얻는 것으로 옷을 삼아야 합니다.

열여섯 번째 옷은, 부서지지 않는 지혜입니다. 크게 통하는 지혜(大通智)를 완벽하게 이루었기 때문에 부서지지 않는 지혜로 옷을 삼아야 합니다.

열일곱 번째 옷은, 방편의 지혜입니다. 온갖 번뇌와 견해의 장애를 끊어버렸기 때문에 위대한 방편의 지혜가 생겨나니 그것으로 옷을 삼아야 합니다.

열여덟 번째 옷은, 커다란 우정(大慈)입니다. 모든 중생들을 교화하기 위해 일으키는 커다란 우정을 옷으로 삼아야 합니다.

열아홉 번째 옷은, 커다란 슬픔(大悲)입니다. 모든 중생들을 구제하기 위해 일으키는 깊고 커다란 연민과 슬픔을 옷으로 삼아야 합니다.

스무 번째 옷은, 커다란 기쁨(大喜)입니다. 나고 죽는 일을 반복하면서도 윤회를 고달파하거나 싫증내지 않기 위해 일으키는 커다란 기쁨을 옷으로 삼아야 합니다.

스물한 번째 옷은, 커다란 평정심(大捨)입니다. 법의 즐거움을 완벽하게 갖추기 위해 일으키는 커다란 평정심을 옷으로 삼아야 합니다.

스물두 번째 옷은, 다른 이를 괴롭히지 않고 손해를 끼치지 않으려는 마음입니다. 보살은 이미 탐내거나 성내는 마음을 완벽하게 떠났기 때문에 다른 이를 괴롭히지 않고 손해를 끼치지 않으니 그것을 옷으로 삼아야 합니다.

스물세 번째 옷은, 설법입니다. 자신과 타인을 괴롭히지 않으며 가르침을 베푸는 것을 옷으로 삼아야 합니다.

스물네 번째 옷은, 가르침대로 수행하는 일입니다. 자신을 높이거나 남을 깎아내리지 않으며 부처님 가르침대로 수행하는 것을 옷으로 삼아야 하니, 보살은 모든 번뇌를 완전히 끊었기 때문입니다.

계절이 바뀔 때마다 옷장을 엽니다. 옷장은 이미 너무나 많은 옷으로 가득 차 있는데 어쩐지 입을 만한 옷이 없습니다. 입지 않는 옷은 내놓고 무엇보다도 경에서 들려주는 24벌의 옷부터 챙겨보려 합니다.

부처님의 지혜를 구하면서 세상을 위해 끝없이 봉사하는 구도자의 옷차림이라면 어느 곳에 가더라도 당당할 뿐만 아니라 내 인생도 참 아름다워질 것입니다.

수행하는 사람이라면
선명한 빛깔의 옷이 아니라
한 톤 다운이 된 빛깔의 옷을 걸쳐야 하는데,
옷을 입는 목적이 속세 사람들과는 다르기 때문입니다.
속세 사람들은 옷으로 자신의 신분을 드러내고,
옷으로 자신의 재력을 자랑합니다.
옷은 권위를 나타내기에 다시 없이 좋은 수단입니다.
그래서 경제적으로 여유가 생기면
좋은 옷을 마련하는 것이
속세 사람들의 살아가는 방식입니다.
하지만 수행자는 권력과 부와 명예가 부질없음을
갈파한 사람입니다.
그에게 있어 옷이란 수행을 위해 꼭 필요한
필수품에 지나지 않습니다.

졸음도
수행이라면

음주운전은 참 위험합니다. 자신과 타인에게 돌이킬 수 없는 상처를 안기는 음주운전은 무조건 피해야겠죠. 그런데 교통사고 원인으로 음주운전보다 더 심각한 것이 졸음운전이라고 합니다. 졸음운전의 경우, 자신이 졸고 있다고 의식조차 하지 못할 때가 많아서 치사율이 높은 대형사고로 이어지기 때문입니다. 졸음은 부처님의 제자 가운데 신통이 으뜸가는 목련 존자도 시달렸던 번뇌입니다. 『불설이수경』에는 부처님이 목련에게 어떻게 졸음을 떨쳐버리도록 이끌었는지 자세하게 실려 있습니다.

　석가모니 부처님께서 녹야원에 계실 때의 일입니다. 목련 존자는 마을에서 조금 떨어진 숲에 머물러 홀로 조용한 곳에서 참선을 하던 중이었습니다. 두 다리를 맺고 앉아서 오랜 시간 참선을 하다 보면 이따금 몸을 움직여 줘야 할 필요가 있습니다. 목련 존자는 조용히 몸을 일으켜 참선하던 곳 주변을 천천히 거닐었습니다. 가만가만 내딛는 발걸음에 주의를 집중하며 거닐다가 그만 깜빡 하고 졸음에 빠져들었습니다. 사방은 고요하고, 아무도 그의 졸음을 깨우지 않았습니다. 그 순간,

"졸고 있느냐? 목련이여, 졸고 있느냐?"

부처님의 목소리였습니다. 부처님이 멀리 떨어진 곳에 계시다가 당신의 제자가 깜빡 졸음에 빠진 모습을 보시고 달려오신 것입니다. 경전에서는 종종 이런 장면들이 등장합니다. 제자들이 어떤 곤란한 처지에 놓이거나 뭔가 특별한 가르침이 필요할 때면 부처님은 한순간에 그 제자 앞에 모습을 드러내곤 하지요. 부처님이 맑고 깨끗한 눈으로 자기를 바라보면서 나직하지만 기운이 넘치는 음성으로 말을 걸자 목련 존자는 깜짝 놀랐습니다.

"목련이여, 졸고 있느냐?"

그는 가만히 두 손을 모아 부처님께 합장하며 대답했습니다.

"예, 세존이시여."

"무엇을 생각하였기에 졸았느냐? 잡념에 이끌리고 있었구나. 그런 잡념에 이끌리지 말라. 분별하는 생각을 가지지도 말라. 그러면 졸음이 그대를 떠날 것이다."

무엇인가 한 가지를 골똘하게 생각한다면 졸음에 빠지지 않

습니다. 하지만 대체로 사람들은 한 가지를 생각하는 순간 그 생각이 가지를 쳐서 옆으로 새고 맙니다. 생각은 꼬리에 꼬리를 물고, 어느 사이에 그만 잠에 빠져들게 됩니다. 부처님은 이어서 말씀하십니다.

"그래도 졸음이 떠나지 않거든 지금까지 그대가 듣고 외우고 있는 가르침을 세세히 다시 한 번 떠올리고 자세하게 사색하라. 그렇게 하면 졸음이 그대를 떠날 것이다."

흐리멍덩하게 있다 보면 어느 사이 무기력증에 빠져 버리고, 그대로 까무룩 졸음의 공격을 받게 됩니다. 부처님은 한 순간이라도 그렇게 정신을 혼미하게 하지 말고, 지금까지 익히고 배워온 내용들을 세세히 머리에 떠올리라고 일러줍니다. 부처님은 여기서 한 걸음 더 나아가십니다.

"그래도 졸음이 떠나지 않거든 지금까지 그대가 듣고 외우고 있는 가르침을 다른 이에게 설명해주어라. 아주 자세하고 세밀하게 그들을 위해 법을 들려주어라. 그렇게 하면 졸음이 떠날 것이다."

말을 하는 사람은 졸음에 빠지지 않습니다. 뜻 없는 수다가 아닌, 진리를 자세하게 들려주려면 집중하지 않을 수 없습니다. 그런 사람에게 졸음이란 없습니다. 부처님은 여기서 또 나아가십니다.

"그래도 졸음이 떠나지 않거든 지금까지 그대가 듣고 외우고 있는 가르침을 생각하고 행동으로 옮겨라. 그렇게 하면 졸음이 떠날 것이다."

잡념에 빠지지 말고, 부처님에게 들은 법을, 자신이 깊이 사색하고 있던 법을 세밀하게 짚어나가며, 남을 위해 설명하고, 생각하고 행동에 옮기는 일로 졸음은 이미 저 멀리로 달아나고 말 것입니다. 하지만 부처님은 목련 존자를 향해 다시 이렇게 이르십니다.

"그래도 졸음이 떠나지 않거든 찬 물로 눈을 씻고 몸과 손발을 씻어라. 그래도 졸음이 떠나지 않거든 두 손으로 두 귀를 문질러라. 그렇게 하면 졸음이 떠날 것이다."

아무래도 쉬이 졸음을 물리칠 수 없다면 이 방법이 최고일 것입니다. 아침에 눈을 떴지만 잠이 가시지 않을 때 샤워기 아래에 서서 물줄기를 온몸에 받다 보면 어느 사이 정신이 맑아지는 경험이 있을 것입니다. 부처님께서 귀를 문지르라는 방법을 일러주신 것도 놀랍습니다. 한방에서는 귀에 혈자리가 2백 개나 있어서 자주 당겨주고 눌러주고 마사지 해주면 건강에 큰 도움을 받는다고 하지요. 귀에 자극을 주면 뇌에도 자극이 가해진다는데, 2,600여 년 전 인도 수행자들은 같은 방법을 쓴 것 같아 반갑기까지 합니다.

하지만 이런 물리력을 써도 졸음을 털어내지 못한다면 어떻게 해야 할까요? 부처님은 다음 방법을 이렇게 일러주십니다.

"그래도 졸음이 떠나지 않거든 일어나서 밖으로 나가라. 밖으로 나가서 사방을 둘러보거나 하늘의 별들을 우러러보라. 그렇게 하면 졸음이 떠날 것이다."

　잔뜩 졸음이 내려앉은 눈꺼풀을 들기란 세상에서 가장 힘든 일입니다. 하지만 밖으로 나가 좌우 사방을 살피고 고개를 젖혀 하늘을 올려다보며 밤하늘의 별을 지그시 응시하는 방법은 눈꺼풀을 들어 올릴 수 있는 아주 좋은 방법입니다. 그런데, 이렇게 해도 졸음이 가시지 않으면 어떻게 해야 할까요?

　"그래도 졸음이 떠나지 않거든 호젓한 곳을 천천히 거닐어라. 눈과 귀와 코와 혀와 몸의 감각기관을 단속하고 이런저런 일들을 떠올리며 구체적으로 그 일들에 집중하라. 그렇게 하면 졸음이 떠날 것이다."

　경전을 읽을 때 절대로 서둘러서는 안 됩니다. 왜냐 하면 지금 부처님께서 일러주시는 졸음 물리치는 방법은 차례차례 그 순서가 제대로 세워져 있기 때문입니다. 바로 앞에서는 단순히 밖으로 나와 사방을 둘러보고 하늘을 쳐다보라고 했고, 그 다음에는 이곳저곳으로 움직이고 거닐라고 이르시지요. 밖으로 나오자마자 거닐라는 말이 아닙니다. 사방을 둘러보고, 이후에 움직이라는 순서가 흥미롭습니다. 하지만 그래도 졸음이 가시지 않는다면?

　"그래도 졸음이 떠나지 않거든 목련이여, 천천히 거닐기를 그만두어라. 그 대신 좌복을 평상 위에 펴고 두 발을 맺고 그 위에 앉아라. 그렇게 하면 졸음이 떠날 것이다."

실외에 좌복을 깔고 앉아 참선의 자세를 취하라는 방법입니다. 서늘한 기운이 머리를 맑게 해줄 것입니다. 이렇게까지 했는데 졸음이 떠나지 않을 수 있을까요? 하지만 부처님은 또 한 걸음 더 나아가서 이런 마지막 방법을 일러줍니다.

"그래도 졸음이 떠나지 않거든 목련이여, 안으로 다시 들어가라. 그리고 자리를 펴고 누워서, 밝고 환한 생각을 품고 어지러운 생각을 물리치고, 언제나 일어나겠다는 생각으로 선정에 들어라."

와선(臥禪)을 권하고 계십니다. 부처님 사전에 '잔다'는 말은 없습니다. 피곤하면 이렇게 오른쪽 옆구리를 바닥에 대고 누워서 생각을 가지런히 한 곳에 모으고 '곧 일어나겠다'는 생각을 품은 채 선정에 드는 것으로 '잠'을 대신합니다. 보통 사람들에게 이 말은 잠을 자라는 뜻과 다르지 않습니다. 다만 사지를 아무렇게나 하고 잠에 빠져들지 말아야 한다는 것입니다.

삶 자체가 온전히 수행의 시간이었던 부처님. 그런 부처님을 닮으려는 우리들. 졸음마저도 수행의 차례로 떨쳐버리게 하는 안내를 한 번 따라가 보는 것 어떠신지요?

무엇인가 한 가지를 골똘하게 생각한다면
졸음에 빠지지 않습니다.
하지만 대체로 사람들은 한 가지를 생각하는 순간
그 생각이 가지를 쳐서 옆으로 새고 맙니다.
생각은 꼬리에 꼬리를 물고,
어느 사이에 그만 잠에 빠져들게 됩니다.

———————

절 교 하 다

모든 이가
친구는 아니다

공자는 말했습니다.

"벗이 멀리에서 나를 찾아오니 이 또한 즐겁지 않은가!"

이미 세상의 달달한 유혹과 쾌락에 흔들리지 않는 군자에게도 벗이란 존재가 안겨주는 행복은 포기할 수 없는 즐거움입니다. 벗을 뜻하는 한자어 우(友)는 손을 뜻하는 우(又)자와 우(又)자가 합해진 말이라고 하지요. 마음이 잘 맞는 사람과 손을 맞잡는 기쁨이 느껴집니다. 사는 동안 이런 벗을 만나지 못한다면 그 인생이 얼마나 삭막하고 각박하겠습니까. 벗이란, 내 인생에서 기쁨의 원천이요, 보람을 느끼게 해주는 존재라 해도 과

언이 아닐 텐데, 뜻밖에 우리는 벗에 대해서 그리 생각하지 않습니다. "그는 내 친구야!"라는 말을 자주 하기도 하고 듣기도 했지만, 새삼 어떤 존재를 친구라고 불러야 하는지를 단 한 번이라도 진지하게 생각해 봤는지 돌아보게 됩니다.

고대 로마의 현자이자 정치가인 키케로는 "자기가 얼마나 많은 염소와 양을 가지고 있는지 모르는 사람은 없어도, 자기가 얼마나 많은 친구를 갖고 있는지 말할 수 있는 사람은 아무도 없다"라며 안타까워합니다. 가축이 많으면 부자이듯, 친구가 많은 사람도 인생 잘 살았다 할 수 있겠으나, 이 사람 저 사람 모두 다 좋다고 벗으로 사귀는 건 조심해야 한다며 키케로는 이렇게 덧붙입니다. "가축 떼를 마련할 때는 조심하면서도 친구를 고를 때에는 왜 조심하지 않는가. 우정은 선한 사람들 사이에서만 가능하다."

친구를 사귈 때 왜 이리 '선한 사람'을 강조하는 걸까요? 예로부터 성현들은 편하고 마음이 맞고 오래 전부터 알고 지내서 '친구'가 아니라, 나를 조금 더 나은 사람으로, 조금 더 반듯하고 착한 사람으로 만들어주는 이를 진짜 친구로 여겼기 때문이 아닐까 합니다. 멀리서 나를 찾아온 벗이 있다면 그게 바로 즐거움이 아니겠느냐고 말한 공자도 『논어』 「계씨편」에서, 친구에도 내게 이로움을 안겨주는 벗과 손해를 끼치는 벗의 두 종류가 있다고 말합니다. 내게 이로움을 안겨주는 벗에 세 종류가 있으니, 곧은 사람, 미더운 사람, 많이 공부한 사람이요, 내게 손해를 끼치는 벗에 세 종류가 있으니, 겉치레에만 밝아서 곧지 못한 사람, 아첨하고 기쁘게 하는 데만 밝아서 미덥지 못한 사람, 말만 번지르르하고 보고 들은 것이 없는 사람이라는 것입니다.

어찌 사람을 내게 이롭거나 해로운 기준으로 나누느냐고 눈살을 찌푸릴 수도 있겠지만, 이분법적인 사고방식을 그다지 좋지 않게 여기는 불교도 마찬가지입니다. 초기경전인 『디가 니까야』에 실려 있는 「싱갈라경」에는 적어도 친구에 관해서는 잘 살피라고 조언하기 때문입니다. 친구인 척 하지만 친구가 아닌 사람이 있다는 것입니다. 경에서는 이렇게 말합니다.

"네 종류 사람은 친구가 아니면서도 친구인 척하는 사람이니, 첫째는 무엇이든 가져가기만 하는 사람이요, 둘째는 말만 앞세우는 사람이요, 셋째는 듣기 좋은 말만 하는 사람이요, 넷째는 나쁜 짓을 할 때 동료가 되어주는 사람이다.

이 가운데 첫째, 무엇이든 가져가기만 하는 사람이란, 무엇이든 가져가기만 하고, 적은 것으로 많은 것을 원하고, 두려움 때문에 일을 하고, 이익을 챙기려고 봉사하는 사람이다.

둘째, 말만 앞세우는 사람이란, 과거의 일로 친절하게 대하고, 미래의 일로 친절하게 대하고, 무익한 말로 호의를 얻으려고 하고, 현재 해야 할 일에 난색을 보이는 사람이다.

셋째, 듣기 좋은 말만 하는 사람이란, 악한 일에는 동의하고, 선한 일에는 동의하지 않고, 눈앞에서 칭찬하고, 등 뒤에서 비난하는 사람이다.

넷째, 나쁜 짓할 때 동료가 되어주는 사람이란, 게으르게 만드는 술에 취할 때 동료가 되어주고, 때 아닌 때 돌아다닐 때 친구가 되어 주고, 구경거리를 찾아다닐 때 친구가 되어 주고, 게으르게 만드는 도박에 빠질 때 친구가 되어주는 사람이다."

부처님은 이렇게 말씀하신 뒤에 "이들은 친구가 될 수 없음을 알아야 하니, 슬기로운 사람은 험한 길을 피하듯, 이런 사람을 멀리 피해야 한다"고 당부합니다.*

부처님이 들려주는 네 종류 사람은 언뜻 봐도 내 인생에 도움이 되지 않는 사람입니다. 첫 번째인 '무엇이든 가져가기만 하는 사람'의 경우, 친구라며 다가와서 자기 이익만을 챙기는 사람을 뜻하지요. 늘 뭔가 가져갈 것이 없는지 살피고, 그냥 가져가기가 눈치 보이면 사소한 걸 생색내며 주고는 더 큰 걸 챙겨가는 사람입니다. 또한 세력 있는 친구에게 잘못 대하면 자신에게 불이익이 올까 두려워서 노예라도 되는 양 굴지만 진정 사랑하는 마음으로 그를 대하지 않습니다. 오직 자기 이익만을 노리고 친구에게 봉사하는 척 하는 사람이니, 이런 사람은 내게서 더 이상 챙겨갈 것이 없으면 나를 헌신짝 버리듯 대할 것이 분명합니다.

*   전재성 옮김, 『디가 니까야』, 한국빠알리성전협회, 2011

두 번째인 '말만 앞세우는 사람'의 경우는 더 흥미롭습니다. 내 사정이 딱해서 찾아갔는데 그는 평소에는 나를 친구라 여기며 대했지만, 딱한 사정의 나를 보면 말을 싹 바꾸는 것입니다. "저런, 이 사람아! 어제 오지 그랬어. 어제는 내 사정이 괜찮았거든"이라고 말하거나, "안타깝군 그래! 지금은 내 형편이 너무 좋지 않아서 말이지. 내일 오는 게 어떤가?"라고 말하여, 다음날 가면 또 내일로 미루거나, 전혀 도움이 되지 않는 무익한 말을 건네며 자신에게 이런저런 사정이 생겼다고 변명을 늘어놓으면서 외면하는 사람입니다. 필요할 때 따뜻한 말 한 마디나 넉넉하지 않더라도 마음을 담아서 정말 필요한 것을 건네주지 못하는 사람은 평소에는 친구인 척 굴지만 진짜 친구는 아니라고 알아야 한다는 것이지요.

세 번째인 '듣기 좋은 말만 하는 사람'이란, 살생과 같은 악업 짓는 일에는 동의하고, 보시와 같은 선업에는 동의하지 않으며, 내가 있을 때는 좋은 말만 하지만 내가 없을 때는 나를 험담하는 사람입니다. 나로 하여금 선업을 짓게 하기는커녕 악업으로 이끄는 데다 험담까지 늘여놓는 두 얼굴을 가진 사람은 피해야 한다고 경에서는 말합니다.

네 번째인 '나쁜 짓할 때 동료가 되어주는 사람'에 대해서는 네 가지 경우로 나눠서 자세하게 설명하고 있으니 굳이 더 말씀드릴 것이 없습니다. 술 친구, 노름 친구, 하릴 없이 방랑할 때의 친구, 구경거리에 정신 팔릴 때의 친구는 마음이 잘 맞는 친구 같지만 역시 진실한 친구라 할 수 없다는 말입니다.

이 경을 읽을 때마다 눈에 들어오는 구절은 '친구인 척 하지만 친구가 아닌 사람'이라는 말입니다. 나에게 대놓고 거칠게 굴거나 나를 보란 듯이 무시하거나 하면 처음부터 그 사람을 조심하면 됩니다. 하지만 정말 우리 마음을 다치게 하는 사람은 친구인 것처럼 살갑게 굴지만 속마음은 전혀 그렇지 않은 경우입니다. 그래서 친구라며 다가올 때 무조건 두 팔을 벌려 환영하기 보다는 그 사람이 어떤 성품을 지녔는지를 잘 살펴야 한다는 말이 되겠습니다.

『숫따니빠따』에서는 이렇게 정리합니다.

만일 확고하고 선한 삶을 사는
지혜로운 친구를 얻는다면,
모든 위험을 극복하고 기쁘게
깨어 있는 마음으로 그와 함께 가라.

만일 확고하고 선한 삶을 사는
지혜로운 친구를 얻지 못한다면,
정복한 왕국을 버리는 왕처럼,
코뿔소의 뿔처럼 혼자서 가라.

우리는 참으로 친구를 얻은 행운을 기린다.

믿음

자기보다 낫거나 동등한 친구와 가까이 사귀어야 한다.
그런 친구를 만나지 못하면 허물없이 살며,
코뿔소의 뿔처럼 혼자서 가라.*

하루 종일 스마트폰으로 신호가 옵니다. 페친이니 트친이니 카톡 친구들이 보내는 메시지입니다. 우리에게는 이렇게 헤아릴 수 없이 많은 친구가 있지만 과연 그들이 나를 조금 더 나은 사람으로 이끌어 주는 이들일지 아니면 그저 친구 숫자만 불려 주는 존재일지도 생각해 봐야겠습니다.

어떤 이가 내 인생에 진정 이로운지를 잘 헤아리는 사람이어야 남에게도 진짜 벗이 되어줄 수 있습니다. 친구가 없다고 외로워하지 말고, 진짜 친구를 만날 때까지 외뿔 달린 코뿔소처럼 혼자 가는 배짱도 필요한 때입니다.

---

*   일아 옮김, 『숫따니빠따』, 불광출판사, 2015

네 종류 사람은
친구가 아니면서도 친구인 척하는 사람이니,
첫째는 무엇이든 가져가기만 하는 사람이요,
둘째는 말만 앞세우는 사람이요,
셋째는 듣기 좋은 말만 하는 사람이요,
넷째는 나쁜 짓을 할 때 동료가 되어 주는 사람이다.

의외의 순간에서
발견한 믿음

아주 먼 옛날, 그러니까 석가모니 부처님 이전의 붓다(과거불)이신 가섭 부처님 시절 이야기입니다. 가섭 부처님이 제자들과 함께 까씨국에 오셨습니다. 까씨국은 지금의 갠지스강 지류에 자리한 아주 번성한 나라로, 이 까씨국을 다스리던 왕은 끼끼(Kiki)입니다. 끼끼왕은 가섭 부처님과 제자들에게 공양 올리기를 청했습니다. 다음 날 아침, 부처님과 제자들은 끼끼왕의 궁전에서 맛난 음식으로 공양을 마쳤습니다. 부처님과 제자들이 흡족하게 공양을 하신 뒤 발우에서 손을 떼자 왕은 낮은 자리를 준비해서 앉았습니다. 그리고 설레는 마음으로 이렇게 청했습니다.

"세존이시여, 앞으로 우기 석 달 안거 기간에는 이곳에서 지내십시오. 그러면 세존과 스님들이 편안할 것입니다."

그런데 가섭부처님은 조용한 음성으로 말했습니다.

"그럴 수 없습니다. 우기 안거를 지낼 곳은 이미 정했습니다."

왕은 다시 한 번 청했고 부처님은 거절했습니다. 왕은 거듭 간청했지만 부처님의 대답은 같았습니다. 그러자 조금 전까지 부처님과 승가에 공양을 올려 기쁨으로 넘쳐났던 왕의 마음에 그늘이 지기 시작했습니다.

'세존께서는 왜 나의 간청을 들어주지 않는 것일까?'

자기 마음을 몰라주는 가섭 부처님에게 왕은 크게 실망했습니다. 왕의 기분은 순식간에 가라앉았고 우울해졌습니다. 왕은 여쭈었습니다.

"세존이시여, 저보다 더 부처님에게 헌신하는 이가 있어서 그곳으로 가시려는 생각이십니까?"

그러자 왕의 마음을 처음부터 들여다보고 있던 가섭 부처님은 대답했습니다.

"대왕이여, 웨발링가 도시에 가띠까라라는 도공이 있는데 재가 신자들 가운데 으뜸가는 사람입니다. 대왕께서는 내가 우기 석 달 동안 바라나시에서 머물라는 청을 받아들이지 않자 지금 크게 실망하고 마음이 상했습니다. 하지만 그 가띠까라는 그렇지 않습니다. 그는 나 여래를 대하면서 실망한 적이 없었고 앞으로도 그는 그러할 것입니다."

가띠까라는 일찍부터 출가하여 수행자가 되고픈 바람을 품었지만 늙고 병든 부모를 모셔야 했습니다. 그래서 도기를 만들어 팔아 생계를 이으며 지내고 있었지요. 이런 그의 형편은 요즘의 사람들과 크게 다르지 않습니다. 그런데 가띠까라는 좀 다르게 생계를 유지하고 있습니다. 무엇보다 도기를 빚으려면 흙이 필요하지요. 그런데 삽이나 손으로 땅을 파지 않습니다. 다른 사람들이 작업하다 남은 흙이나 쥐가 파헤쳐서 사람들이 거들떠보지 않는 흙을 딱 필요한 만큼 가져와서 도기를 빚습니다. 그리고 그릇이 다 만들어지면 집 앞에 내다놓고는 이렇게 말합니다.

"자, 여기 도기가 있으니 필요한 사람은 와서 가져가십시오. 적당하다 생각하는 만큼의 쌀이나 곡식을 가져와서 도기 값을 치르면 됩니다."

이런 정도라면 가띠까라 집 형편은 짐작하고도 남습니다. 겨우 늙은 부모의 식사를 차려드릴 정도로 생계를 유지하면서 그는 시간이 나면 부처님에게 나아가 가르침을 듣고 그것을 사유하면서 시간을 보내고 있습니다. 가섭 부처님은 나라에서 가장 큰 권력과 많은 재산을 지닌 왕의 청을 거절하고 이렇게 가난하기 짝이 없는 가띠까라의 동네에서 여름 안거를 지내겠다고 하고 있는 것이지요. 왕이 부처님에게 서운한 마음을 품자 가난한 가띠까라는 어떤 일이 있어도 여래에게 그런 마음을 품지 않고 오히려 커다란 기쁨을 일으킨다는 걸 들려주고 계십니다. '어떤 일이 있어도'라고 말했습니다. 그 이야기를 이제부터 들려드리겠습니다.

어느 날 가섭 부처님이 아침에 가띠까라의 집으로 찾아가셨습니다. 앞을 보지 못하는 부모는 말했지요.

"가섭 부처님, 가띠까라는 지금 일이 있어 밖에 나갔습니다. 하지만 부엌에 들어가 보시면 솥에 밥이 들어 있고 국도 조금 있을 것입니다. 그걸 꺼내 드시지요."

가섭 부처님은 어떻게 했을까요? 마치 당신의 집인 것처럼 부엌으로 들어가서 손수 솥과 냄비를 열어서 밥과 국을 떠서 드시고 가셨지요. 부처님이 떠난 뒤 돌아온 아들 가띠까라는 부엌에 음식이 남아 있지 않은 것을 보고 묻자 부모가 대답했습니다.

"가섭 부처님께서 왔다 가셨단다. 손수 부엌에 들어가셔서 음식을 꺼내 드시고는 자리에서 일어나 가셨지."

가띠까라는 이 말을 듣자 말할 수 없이 커다란 기쁨에 사로잡혔습니다.

'내가 급한 일이 있어 집을 비웠는데 손수 부엌으로 들어오셔서 밥과 국을 떠서 공양을 드시고 떠나셨으니, 가섭 부처님께서 이렇게 나를 믿고 계시는구나. 부처님께서 나를 믿고 계신다는 사실은 내게 더할 나위 없는 축복이다.'

도공 가띠까라는 보름 동안이나 말할 수 없는 행복에 사로잡혔고, 그의 부모 역시 7일 동안이나 기쁨 속에서 지냈습니다.

믿음

이 뿐만이 아닙니다. 또 다른 때에 부처님이 가띠까라의 집에 탁발하러 가셨다가 손수 부엌으로 들어가셔서 보리죽을 꺼내서 공양을 드신 뒤 떠나가셨을 때에도 가띠까라는 '부처님은 나를 믿고 계신다'라고 생각하면서 보름 동안이나 커다란 행복에 잠겼고 그의 부모 역시 칠일 동안 기쁨에 휩싸여서 지냈습니다.

이런 일도 있었습니다. 가섭 부처님 움막 지붕이 새서 급히 보수를 해야 했습니다. 부처님은 제자들을 불러 가띠까라의 집에 지붕을 이을 풀이 있는지 알아보라고 했습니다. 제자들이 그의 집을 살펴본 뒤에 이렇게 여쭈었습니다.

"세존이시여, 가띠까라의 집에는 풀이 없습니다. 그런데 그의 작업장 지붕은 풀로 덮여 있습니다."

부처님은 제자들에게 그곳에 가서 풀을 벗겨오라고 일렀습니다. 스님들이 작업장 지붕에 올라가 풀을 벗기자 그 소리를 들은 가띠까라의 부모가 소리쳤습니다.

"대체 누구십니까? 누가 우리 아들의 작업장 지붕에서 풀을 벗겨가고 있습니까?"

스님들이 답했습니다.

"가섭 부처님 움막 지붕에 비가 샐 지경입니다. 그래서 풀을 가져다 덮으려고 합니다."

이 말을 들은 늙은 부모는 "어서 가져가십시오"라고 말했고, 뒤늦게 집으로 돌아와 이 사실을 알게 된 가띠까라는 역시나 '부처님은 이토록 나를 신뢰하고 계신다'라면서 보름이나 기쁨에 휩싸였습니다. 그 후 안거 석 달 내내 비가 내렸지만 그 작업장으로는 비가 내리지 않았다고 경에서는 말합니다.

『맛지마 니까야』「가띠까라경」에 들어 있는 이 이야기를 처음 읽었을 때 어리둥절했습니다. 이게 '믿음'과 무슨 상관이 있다는 말일까요? 따지고 보면 가섭 부처님은 좀 심하다 싶습니다. 제집인 양 부엌으로 들어가서 밥과 죽을 먹어버리고 떠나가지 않나, 가난한 도공의 작업장 지붕을 덮고 있는 풀을 뜯어오라고 지시하지를 않나…. 그런데 가띠까라와 앞을 보지 못하는 늙은 부모는 화를 내거나 서운해 하기는커녕 오히려 부처님이 자신을 이토록 깊이 믿고 있다면서 커다란 기쁨에 휩싸였다는 것입니다.

우리는 흔히 이렇게 생각합니다. "나는 부처님을 믿는다"라고요. 아직은 불완전하고 욕망덩어리인 내가 구원 받기 위해 내 자신을 탁 맡겨버린, 그 믿음의 대상은 바로 모든 것을 완전히 깨달으신 부처님입니다. 중생이 부처를 믿는다는 이 구조는 당연합니다. 그런데 가섭 부처님은 당신의 속가제자인 가띠까라를 믿었습니다. 부처가 중생을 믿는다는, 정반대 방향인 것이지요.

부처님은 가띠까라가 스승에게 한없이 커다란 믿음을 지니고 있으며 부처님의 가르침을 목숨보다 더 소중하게 여기고 있음을 잘 알고 있었습니다. 가띠까라는 스승을 향해 마음이 활짝 열려 있었습니다. 부처님이 어떤 행위를 하더라도 그저 기쁘고 행복할 따름이었습니다. 부처님이 당신의 입장을 길게 설명하지 않아도 좋았습니다. 가난한 제자의 집 부엌에 들어가서 변변찮은 먹을거리를 당신 손으로 퍼서 드시고, 당신 움막에 비 샐 것을 염려해서 제자의 작업장 지붕을 뜯어도 제자는 부처님을 이해하고 오히려 '부처님이 나를 믿는다'라며 커다란 기쁨에 젖어 지내리라는 것을 알고 있었습니다.

나를 내맡기고 더 이상 길게 설명하지 않는 일, 바로 이게 '믿음' 아닐까요? 그가 어떤 존재인지를 잘 알기에 그의 일거수일투족에서 그저 기쁨만을 얻는 것이 믿음입니다. 당신을 믿으니 내 청을 들어달라는 것이 아니라 당신이 무엇을 해도 어디를 가도 나는 행복하다는 그 마음. 가장 부유하고 힘이 센 왕과 가장 가난한 도공이 부처님을 향해 품은 믿음의 차이는 이것이었습니다.

그동안 숱하게 '부처님을 믿습니다'라고 말해 왔지만 이제부터는 부처님이 나를 믿어주셨으면 좋겠습니다. 내 가난한 부엌에 부처님이 빈 발우를 들고 들어오셔도 마냥 행복한 삶이 되기를 바랍니다.

나를 내맡기고 더 이상 길게 설명하지 않는 일,
바로 이게 '믿음' 아닐까요?
그가 어떤 존재인지를 잘 알기에
그의 일거수일투족에서
그저 기쁨만을 얻는 것이 믿음입니다.

제
5
장

깨 달 음

법정 스님의 무소유는
차라리 쉬웠다

모처럼 법정 스님의 책 『무소유』를 책꽂이에서 꺼내들고 이른 아침, 다시 한 번 차분하게 읽어 내려갔습니다. 표제작인 「무소유」를 만났습니다. 소중하게 여기며 가꿔오던 난분 두 개 이야기지요. 혼자 사는 처지라 생명이 있는 것이라고는 난초뿐이었고, 적적한 삶에 애정을 기울여 돌볼 수 있는 유일한 대상이었습니다. 하지만 그 난초가 자신을 얽어매던 장본인이었다는 사실을 스님은 알아차립니다. 난초에 기울이던 정성을 일찍이 부모에게 바쳤더라면… 하는 생각마저 할 정도입니다. 소중한 이를 만나기 위해 집을 비울 때에도 언제나 그 난분에 생각이 미쳐 허둥지둥 돌아와야 했습니다. 스님은 아무 것도 지니지 않고 오직 진리를 위해 살아가야 할 사람인데 뜻밖에도 아주 지독하게 집착하며 살아가고 있었음을 깨달은 찰나, 그 소중한 난분을 지인에게 건네주었다고 고백합니다.

어쩌면 남들에게 보여줄 만한 물건이라고는 딱 난분 하나뿐이었을 텐데, 그걸 주어버린 뒤 스님은 더 큰 깨달음을 얻었다고 하지요. 길지 않은 에세이 「무소유」에는 사람이 무엇인가를 소유하려는 욕망이 어떤 폐해를 불러오는지를 통찰하며, 크게 버리는 사람만이 크게 얻을 수 있다는 말로 끝을 맺습니다. 이 글은 1971년에 쓰였습니다. 1971년이라? "새벽종이 울렸네, 새 아침이 밝았네. 너도 나도 일어나 새마을을 가꾸세"라는 노래가 이른 아침에 고요한 대기를 부수며 온 마을을 두드렸고, 사람들은 눈을 비비고 일어나기 무섭게 삽과 빗자루를 들고 집밖으로 나갔던 시기입니다.

1970년에 새마을운동이 시작되어 온 세상이 성장과 발전, 번영과 풍요를 향해 브레이크 없이 질주할 때, 그 1년 뒤 법정 스님의 「무소유」가 세상에 나왔다는 사실은 참으로 미래를 내다보는 혜안이라 하지 않을 수 없습니다. 그런데 스님의 「무소유」 이후 근 50년이 흐른 지금, 우리는 어떤가요.

180여 년 전 괴테는 세상이 너무 빨리 돌아간다며 이제 모든 것이 도를 넘었다는 내용의 편지를 친구에게 썼습니다. 괴테의 말처럼 우리는 무엇을 쌓아두고 있는지도 모른 채 계속 쌓아가며 살고 있습니다. 무엇을 지니고 싶은지도 모른 채 계속 바라며 살고 있습니다. 무엇에 붙들려서 옴짝달싹하지도 못하는지, 나를 얽매고 있는 것이 무엇인지 그 정체도 전혀 알지 못한 채, '그 무엇인가'에 지배당하여 허덕이며 살고 있습니다. 이미 충분히 소유했음에도 '아직'이라고 말합니다. 소비에 따른 빚을 감당할 길이 없음에도 '이것도 못 산다면… 자신의 삶이 너무 허망하다'며 카드를 긁습니다.

　가난하다고 호소하지만 집안을 들여다 보면 가득 차 있습니다. 시도 때도 없이 배달해서 먹는 음식으로 몸속도 가득 차 있습니다. 부자들만 탐욕스러운 게 아닙니다. 탐욕은 재산의 많고 적음에 상관없습니다. 탐욕의 지배를 받으면 소유하지 못해 안달복달합니다. 소유하면 움켜쥐려고 힘을 줍니다. 힘을 주려니 체력이 받쳐주지 못해 아무 것이나 먹어댑니다. 탐욕이 우리를 얼마나 힘들게 하고 근심하게 하고 재난이 되는지를 부처님도 말씀하셨습니다. 『맛지마 니까야』「뽀딸리야경」에 나오는 이야기입니다.

　"굶주린 개에게 살점이나 근육 한 점 없는 뼈다귀를 던져준다고 합시다. 그 개는 미친 듯이 뼈를 씹고 핥을 것입니다. 그렇다고 해서 그 개의 허기가 지워지겠습니까? 굶주림은 더 지독해질 것입니다. 독수리 한 마리가 조그마한 고기 조각을 물고 날아가는데 다른 새가 날아와 그것을 빼앗으려고 그 독수리를 쪼아댄다고 합시다. 재빨리 고기 조각을 놓지 않으면 그 독수리는 죽거나 죽음에 이를 정도로 괴로울 것입니다."

결국 탐욕이란 것은 우리를 더 힘들게 하고 더 가난하게 만들고 더 지치게 만들고 심지어는 괴로움과 절망 끝에 죽음으로 몰아넣는다는 것이지요. 부처님의 이 말씀을 읽었을 때는 그런가 보다 하며 지나쳤습니다. 하지만 집안을 가득 채운 잡동사니를 들춰내고 비워가면서 그 말씀이 찌르르 와닿았습니다. 움켜쥐면 풍요로울 줄 알았는데, 세상이란 것이 움켜쥐면 움켜쥘수록 힘만 들어가고 더 허기졌습니다. 지금까지 나는 살점 하나 없는 뼈다귀를 계속 핥고 있는 개와 다르지 않았습니다. 핥을수록 배가 고파졌습니다. 입에 문 고기 조각을 빼앗기지 않으려고 발버둥치는 독수리와 다르지 않았습니다. 그까짓 것 놓아버리면 그만인데 죽는 줄도 모르고 입에 꽉 물고 있었습니다. 이런 악순환을 끊기 위해서라도 이제는 좀 덜어내고 비워내야 합니다.

다행스럽게도 이런 악순환에 지친 사람들이 안착하는 곳이 있습니다. 바로, 적게 작게 지니고, 가진 것을 충분히 쓰고 흡족하게 살아간다는 삶의 방식인 미니멀리즘입니다. 실제로 안방의 옷장과 이불장을 열고, 신발장을 열고, 부엌 씽크대 서랍을 열어서 그 속에 쌓아둔 물건들을 치워버리면서 '빈 공간'을 만들고, 그 과정을 통해 자신을 사로잡았던 물욕을 확인하며 반성하는 것입니다. 경전에는 이런 구절이 자주 나옵니다.

"옷은 몸을 보호하는 것으로 만족하고, 식사는 배를 유지하는 것으로 만족하고, 어디를 가든지 입고 있는 옷과 발우 하나만을 가지고 간다. 마치 두 날개를 가진 새가 어디로 날든지 날개만을 유일한 짐으로 지니고 하늘을 날아가듯이! 이렇게 수행자는 입고 있는 옷 한 벌과 하나의 발우만을 지니며 어디로 가든지 이것들만 가지고 간다. 수행자는 이렇게 만족하며 산다."

지금 사람들이 미니멀리즘을 표방하며 집안을 채우고 있는 물건들을 비우는 모습에는 바로 이와 같이 무소유와 소욕지족을 그토록 강조하던 부처님 가르침이 배어 있습니다. 비우고 또 비우니 마음이 푸근해진다는 체험담도 쏟아지고 있는 지경에 이르렀지요.

하지만 물건을 비운다는 일은 말처럼 간단하지 않습니다. 이 일에 나선 사람들 대부분이 몸이 아파집니다. 그게 참 묘합니다. 말할 수 없이 피곤하고 지쳐 나가떨어집니다. 바로 물건들에게 에너지를 빼앗기기 때문이라고 나는 진단합니다.

두 눈 감고 불필요한 것을 확 버리면 그만이지만, 쉽게 그리하지 못합니다. 이 물건은 이래서 버리기 아깝고, 저 물건은 저래서 버릴 수 없고, 그 물건은 그래서 좀 더 둬봐야 하고…. 그 물건이 뭐라고 품에서 내놓지를 못합니다. 집밖으로 내놓지 못합니다. 하다못해 오래 전에 폐업한 동네 치킨집의 쿠폰도 시원하게 털어버리기가 망설여 집니다. 끼적거리다 만 메모지도, 누렇게 얼룩이 진 손수건도, 신을 때마다 발이 아파서 고생시키던 신발도, 어느 사이 청년이 되어버린 우리 아이가 예전에 가지고 놀던 장난감도…. 탐욕이란 것은 거창하고 값비싼 것을 바라는 욕심만이 아닙니다. 무엇이든 버리지 못하는 마음입니다. 무엇이든 채워 넣으려는 마음입니다.

집안의 잡동사니를 비워내 본 사람들은 말합니다.

"내가 얼마나 물욕에 사로잡혀 있는지를 깨달았습니다."

"내가 소비에 집착해서 무엇을 위로받고 싶어 했는지 똑똑하게 보았습니다."

"내가 과거의 어떤 상처에서 벗어나지 못하고 있었는지를 알게 됐습니다."

물건을 비워내기 위해 자신의 보금자리를 파헤치며 우리가 무엇을 쌓고 모으며 살아왔는지 그 정체를 직면하면서 사람들은 현자가 되어갑니다. 탐욕이라는 번뇌를 마주하면서 그 번뇌에 지배당한 자신의 초라하고 어처구니없는 현재 삶에 전율합니다. 과감하게 싹 버린 뒤 다시 물건을 신나게 사들이는 사람들도 많습니다. 어쩔 수 없습니다. 이런 과정을 반복하면서 물건에 집착하고 탐하는, 자기 속에 웅크리고 있던 그 욕망을 사람들은 마주 대합니다.

그런 것인가 봅니다. 마음공부를 해야 비울 수 있는 게 아니라 집안을 채우고 있는 물건들을 비워내면서 마음공부를 해 가는 것인가 봅니다.

우리는 무엇을 쌓아두고 있는지도 모른 채
계속 쌓아가며 살고 있습니다.
무엇을 지니고 싶은지도 모른 채
계속 바라며 살고 있습니다.
무엇에 붙들려서 옴짝달싹하지도 못하는지,
나를 얽매고 있는 것이 무엇인지
그 정체도 전혀 알지 못한 채,
'그 무엇인가'에 지배당하여 허덕이며 살고 있습니다.
이미 충분히 소유했음에도 '아직'이라고 말합니다.
소비에 따른 빚을 감당할 길이 없음에도
'이것도 못 산다면… 자신의 삶이
너무 허망하다'며 카드를 긁습니다.

보편적인 번뇌에
빠지지 않기

석가모니 부처님 당시 마하쭌다(Mahā Cunda)라는 스님이 있었습니다. 이 스님은 언제나 배우려는 자세를 지녔고, 자신에게 가르침을 안겨주는 스승에게 한없이 커다란 흠모를 품었습니다. 그래서 구족계를 받아 정식 스님이 되었어도 스스로를 '사미'라 불렀습니다. 사미란 예비 승려란 말이지요. 자신을 영원히 배우려는 존재로 규정하고, 그런 마음으로 스승을 대했던 사람이 쭌다 스님입니다.

어느 날 조용한 곳에서 홀로 명상에 들어 있던 쭌다 스님이 명상에서 일어나 부처님을 뵈러 갔습니다. 그리고 이렇게 여쭙습니다.

"세존이시여, 이 세상에는 온갖 견해들이 가득 차 있습니다. 그런데 이제 막 참선을 시작하는 수행자에게서 이런 세상의 견해들이 비워질 수 있겠습니까?"

쭌다 스님의 이 물음으로 짐작해보면, 아마도 조용한 나무 그늘 아래에서 선정에 들려고 했지만 머릿속에는 바깥에서 들려온 온갖 주의 주장들, 그에 따른 사념들이 가득 차 있었던 모양입니다. 번뇌를 가라앉히려고 참선 자세를 취했지만 고요와 집중의 선정은커녕 어디로 가는지도 모르게 이리저리 생각에 끌려 다니던 자신을 발견하고서 이래서는 안 되겠다 싶어서 부처님을 찾아뵌 것은 아닌가 짐작합니다.

그런데 부처님은 이렇게 말씀하십니다.

"참선은 지금 여기에서 행복하게 머무는 것을 말한다. 참선으로 온갖 잡념들이 없어지는 건 아니다."

초기경전인 『맛지마 니까야』에 들어 있는 「쌀레카 숫따」는 이렇게 시작합니다. 부처님은 이어서 지금 여기에서 행복하게 머무는 참선의 8단계를 일러주십니다. 그런데 8단계 선정은 번뇌를 없애는 단계가 아니라 지금 여기에서 행복하게 머무는 경지라고 말씀하실 뿐입니다.

참 흥미롭습니다. 그동안은 이런저런 생각으로 마음속이 편치 않을 때면 '번뇌가 너무 많군. 참선을 해야 하나…'라고 생각했지만, 그게 아니라는 것이지요. 참선을 제대로 하고 싶으면 먼저 그런 복잡하고 건전하지 못한 상태에서 멀리 떠나는 것부터 시작해야 합니다. 그것이 선정의 첫 번째 단계에서 밝히고 있는 '멀리 떠남에서 생기는 기쁨과 희열'입니다. 그렇다면, 앞서 쭌다 스님이 궁금했던 온갖 잡념들은 어떻게 해야 할까요?

부처님은 우리가 뭉뚱그려서 말하는 '잡념', '번뇌'를 하나하나 밝히고 있습니다. 그렇게 해서 부처님이 일러주는 번뇌가 무려 44가지나 됩니다. 어쩌면 이보다 더 많을 수도 있을 것입니다. 사람들이 말하는 108번뇌도 있지 않던가요? 이제 44가지나 되는 번뇌 가운데 몇 가지를 살펴볼까요?

첫째는 잔인함입니다. 둘째는 살생, 셋째는 주지 않는 것을 빼앗음, 넷째는 건전하지 못한 성관계, 다섯째는 거짓말, 여섯째는 이간질, 일곱째는 거친 말, 여덟째는 꾸밈말입니다. 아홉째는 탐욕, 열째는 성냄입니다. 그리고 열한째는 그릇된 견해입니다. 이 열 한 가지는 누구든 금방 알 수 있습니다. 첫 번째 잔인함을 제외하면, 몸으로 짓는 악업 세 가지와 입으로 짓는 네 가지 악업, 그리고 나머지 세 가지는 뜻으로 짓는 악업으로 이뤄져 있지요.

그리고 또 이런 번뇌도 있습니다. 혼침(무기력, 가라앉음), 들뜸, 의심입니다. 이 세 가지에 앞에서 등장한 탐욕과 성냄을 더하면 '다섯 가지 장애(五障碍)' 또는 '다섯 가지 덮개(五蓋)'라는 다섯 가지 번뇌가 됩니다. 우리 마음을 푹 덮고 있는 무거운 덮개를 말합니다. 이 덮개만 없애버리면 마음이 맑고 밝고 가벼워

저서 지혜를 향할 수 있습니다.

우리 마음을 푹 덮어서 세상을 제대로 보지 못하게 만드는 이 다섯 가지 번뇌를 아주 잘 설명하는 비유가 있습니다. 가장 먼저 탐욕은 온갖 색깔의 염료가 진하게 섞인 물이 담긴 그릇과 같다고 말했습니다. 성냄은 물이 부글부글 끓어서 거품이 마구 일어나는 물그릇과 같고, 혼침은 이끼나 수초가 잔뜩 낀 물그릇과 같고, 들뜸은 바람에 물결이 쉬지 않고 일렁이는 물그릇과 같으며, 의심은 혼탁한 흙탕물이 담긴 물그릇과 같습니다. 이런 물그릇에는 아무리 자기 얼굴이나 사물을 비춰보려고 해도 볼 수가 없습니다. 마음이 이와 같다면 어떤 일을 당했을 때나, 명확하고 정확하게 판단해야 할 때 우리는 합리적이고 상식적이며 이로운 판단을 내릴 수가 없습니다. 그러니 이 다섯 가지 덮개를 없애야 한다고 초기경전에서는 강조합니다. 그때 비로소 참선의 첫 번째 경지로 들어가며 선정을 제대로 닦아야 마음이 지혜로 향하기 때문이지요.

부처님은 이외에도 우리가 비워야 할 번뇌를 계속 말씀하시니, 악의, 원한, 저주, 횡포, 질투, 인색, 거짓, 기만, 고집, 자만, 충고하기 어려움, 나쁜 벗, 게으름, 불신, 부끄러워하지 않음(無慚, 스스로 돌이켜 부끄러워할 줄 모르는 것), 창피하게 여기지 않음(無愧, 남을 대할 때 부끄러워할 줄 모르는 것), 적게 배움, 게으름, 마음을 챙기지 못함, 지혜 없음, 그리고 자기 견해를 굳게 지켜 놓아버리지 못함 등의 44가지 번뇌가 그것입니다.

이 44가지 번뇌는 그냥 없어지지는 않습니다. 부처님은 이런 번뇌와 잡념들을 '버리고 없애라', '마음을 잘 기울여라', '피해라', '이 번뇌를 없애고 좀 더 나은 존재가 되어라', '이 번뇌를 완전히 없애고 벗어나라'라는 다섯 단계를 반복해서 말씀하십니다. 그리고 마지막으로 이렇게 권하시지요.

"여기 한가한 곳이 있다. 나무 아래 깊은 그늘이 있다. 이곳에 앉아서 선정을 닦아라. 게으름을 피워 나중에 후회하지 말아라."

속가의 삶은 집안을 가득 채운 물건들을 비워내서 자유로움을 만끽하며 홀가분하게 살면 됩니다. 하지만 물건만 비워내면 소용없습니다. 우리는 또 무엇인가를 들이고 채우려 하니까요. 그러니 집안의 잡동사니를 비웠다면 이제 마음을 살펴봐야 합니다. 꽉꽉 채워진 마음속 잡념들을 하나씩 찾고 불러내서 그것들을 비워내야 합니다. 이걸 비우지 않는다면 우리는 또다시 잡동사니의 수렁에 빨려 들어갈 것입니다. 마음속 번뇌 때문에 그토록 물건들을 들이고 또 들였기 때문이지요. 집안의 텅 빈 공간에서 아늑함과 자유로움을 만끽했다면 진짜로 비워내야 할 마음의 잡동사니, 44가지 번뇌를 털어내야겠습니다.

마음의 대청소를 해야 합니다. 마음의 자유를 얻어야 진짜 자유일 테니까요.

속가의 삶은 집안을 가득 채운 물건들을 비워내서
자유로움을 만끽하며 홀가분하게 살면 됩니다.
하지만 물건만 비워내면 소용없습니다.
우리는 또 무엇인가를 들이고 채우려 하니까요.
그러니 집안의 잡동사니를 비웠다면
이제 마음을 살펴봐야 합니다.
꽉꽉 채워진 마음속 잡념들을 하나씩 찾고 불러내서
그것들을 비워내야 합니다.
이걸 비우지 않는다면 우리는 또다시
잡동사니의 수렁에 빨려 들어갈 것입니다.
마음속 번뇌 때문에
그토록 물건들을 들이고 또 들였기 때문이지요.

침묵하면
달라지는 것들

"약속해요."

새끼손가락을 내밀며 우리는 말합니다. 손가락을 걸고, 엄지 손가락을 서로 세워 도장을 꾹 찍고, 그것만으로도 불안해서 서로의 손바닥을 문지르며 복사를 하고 스캔까지 해야 안심이 됩니다.

'약속'이란 말을 자꾸 강조하는 건 그만큼 이 약속이 허언(虛言)이 될 우려가 매우 크다는 것을 반증하는 것일 수도 있습니다. 그저 상대방의 눈을 지그시 바라보며 그 말을 듣는 것만으로 약속을 지킬 자신이 없다는 말일까요? 경전을 보면 부처님도 사람들과 약속을 합니다. 그런데 새끼손가락을 거는 일 같은 건 처음부터 없습니다. 심지어 "그렇게 하겠다"라는 언표조차도 없습니다. 그럼에도 부처님은 사람들과의 약속은 반드시 지킵니다. 석가모니 부처님 말년의 일입니다.

경제적으로 매우 번영한 바이샬리 도시에 살고 있던 암바빨리는 부처님이 수많은 수행자와 함께 자신의 망고 숲에 머물고 계신다는 소식을 들었습니다. 암바빨리는 고급 창부였습니다. 도시의 권력가와 재력가에게 유희를 제공하고 막대한 부를 챙기며 살고 있는 여인이지요. 여색을 탐하는 권력가의 비위를 맞춰 자신의 이익을 챙겨야 하는 여인이라면 그 삶이 어떤지 짐작할 수 있습니다. 남자를 만날 때면 그저 화려하고 관능적인 겉모습만을 보여줘야 하고, 맑은 정신이 아닌 술에 취한 '고객'이 함부로 자신을 대해도 웃음으로 무마해야 합니다. 그럴수록 더욱 술을 권하고 더욱 웃음을 지어야 하겠지요. 게다가 자신의 매력이 바이샬리 사내들을 흔들지 못할 때가 머지않아 오리라는 사실도 그녀는 의식하고 있었을 것입니다. 그저 젊어 한 때, 악착같이 돈을 모아 그 돈으로 노년을 보낼 생각에 헛헛한 마음을 품으며 지내고 있었을 것입니다.

그러던 차에 암바빨리는 자신의 망고나무 숲에 석가모니 부처님이 오셨다는 소식을 들었고, 잠시도 머뭇거리지 않고 즉시 마차를 타고 망고 숲으로 달려갔습니다. 암바빨리가 예를 갖추어 인사를 마치자, 부처님은 그녀에게 어렵고 힘들게 벌어들인 재물로 최고의 공덕을 짓도록, 인생에서 값진 일을 하라고 권합니다. 그 일은 바로 널리 베푸는 보시행이요, 틈틈이 수행자를 찾아 법문을 청해 들어서 지혜의 싹을 틔우는 것이라고 말씀하십니다. 욕정과 관능에 젖어 허망하기 짝이 없는 삶을 살아왔지만, 그 삶이 고귀해지도록 조언해 주시는 부처님의 음성은 감로와 같았습니다. 암바빨리는 기쁨에 넘쳐 부처님에게 이렇게 청했습니다.

"세존이시여, 내일 아침에 저 스님들과 함께 제 집으로 오시겠습니까? 제가 공양을 올리겠습니다."

부처님은 그 요청을 듣고 침묵하십니다. 부처님의 침묵은 승낙의 표현입니다. 사정이 있어 약속을 할 수 없을 경우는 부처님은 이렇게 분명하게 언표합니다

"이미 다른 약속이 잡혀 있습니다. 그래서 그 약속은 지킬 수가 없습니다."

지킬 수 있는 경우는 침묵으로, 지킬 수 없는 경우는 말로 거절 의사를 분명히 하는 것이지요. 부처님께서 침묵을 지키시자 그 뜻을 알아차린 암바빨리는 즉시 수레에 올라타 전속력을 다해 숲을 빠져나갔습니다. 공양 준비를 해야 하기 때문입니다.

때마침 바이샬리에 살고 있는 세도가 2세들도 부처님이 암바빨리 망고 숲에 와서 머물고 계신다는 소식을 들었습니다. 경전에서 그려진 정황을 보자니 요즘으로 말하면 재벌 2, 3세 정도라고나 해야 할까요? 이들 역시 부처님에게 몰려갔습니다. 자

신들의 권력과 부를 드러내는 화려한 차림새를 하고서 각자 수레에 올라 망고 숲으로 향했지요. 그 모습이 어찌나 장관인지 부처님도 이들을 멀리서 보고 "하늘의 신과도 같구나"라고 감탄할 정도입니다.

하지만 좁은 숲길에서 저들의 수레는 멈췄습니다. 막 부처님과 내일 아침 공양청 약속을 한 창부 암바빨리가 거침없이 수레를 몰고 나오는 길이었기 때문입니다. 가까스로 충돌을 피한 젊은이들이 호통을 쳤습니다.

"어디 감히 앞길을 막는 게냐!"

암바빨리 역시 황급히 수레를 세웠고 자신의 사정을 이야기했습니다. 그러자 젊은이들이 말했습니다.

"우리에게 부처님 공양을 양보하시오. 그러면 당신에게 10만 배로 보답하겠소."

그러나 암바빨리는 거부합니다. 이 바이샬리를 통째로 내게 넘겨준다고 해도 부처님과의 공양청 약속만큼은 넘겨줄 수 없다는 것이지요. 권력과 재력을 거머쥔 청년들은 하는 수 없이 부처님에게 나아가 간절하게 청합니다.

"내일 아침 저희 집으로 모시겠습니다. 저희의 공양을 받아주십시오. 저 암바빨리와의 약속은 그만두시고 저희 집으로 와주십시오."

그러자 부처님은 말씀하십니다.

"나는 이미 암바빨리와 약속을 했습니다."

부처님의 이 한 마디에 청년들은 물러날 수밖에 없었습니다. 부처님은 다음 날 아침 일찍 제자들과 함께 암바빨리 집으로 가셔서 그녀가 정성스럽게 차린 공양을 드셨습니다. 그리고 그 전날 숲에서 들려준 이야기보다 한층 나아간 법문을 들려주었고, 암바빨리는 본격적인 수행의 길에 들어서기로 다짐하게 되었다는 이야기가 초기경전인 『디가 니까야』의 「마하빠리닙바나 숫따(대반열반경)」 등에 실려 있습니다.

침묵으로 받아들인 단 한 번의 공양 약속. 그 약속을 통해서 허무하게 살아가던 매춘부는 전혀 다른 인생을 살아가게 됐습니다.

먹고 사느라고 바빠서 선한 일을 하지 못하고, 내 이익을 챙기느라 세상을 위한 희생과 양보에는 질끈 눈을 감게 되는 것이 보통 사람들의 삶입니다. 그리고 성자의 삶을 동경합니다. 성자의 삶이 바람직한 줄 알고 있으면서도 현실의 제약으로 실천하지 못하는 보통 사람들은 성자에게 정성스레 음식을 올리는 일로 그 마음을 표합니다. 올바른 수행자에게 음식공양을 올리는 일은 커다란 공덕을 짓는 일이라 여기는 까닭에 공양 초청, 즉 공양청 약속은 사람들에게 아주 특별한 의미를 지니고 있습니다.

이런 막중한 약속을 부처님은 그저 덤덤히 침묵으로 받아들입니다. 새끼손가락을 걸고 도장을 찍지도 않고 조건을 내세우지도 않습니다. 이 사람에게 지금의 요청이나 제안이 얼마나 절박한 줄 잘 알고 있기에 그저 조용히 그들의 제안을 받아들입니다

다. 그것으로 부처님과 중생의 약속은 이뤄졌고, 또 실현될 것이 틀림없습니다. 부처님은 무슨 일이 있어도 약속을 꼭 지킵니다. 설령 약속을 먼저 한 재가신자가 이런저런 사정으로 약속을 지키지 못하는 일이 있어도 부처님은 약속을 지킵니다.

좀 긴 이야기를 들려드려야겠습니다. 부처님 살아 계시던 시절, 사밧띠(사위성) 시에서 서로 다른 신앙을 품고 살아가던 두 친구 시리굿따와 가라하딘나 이야기입니다.

시리굿따는 부처님의 가르침을 믿고 따르는 사람이고, 가라하딘나는 자이나교 신자입니다. 자이나교는 철저한 불살생, 비폭력, 무소유를 주장하면서 고행을 가장 중요하게 여기고 있습니다. 얼핏 보아서는 불교와 비슷하게 보이지만, 인간의 자유의지를 존중하고 깨달음으로 나아가는 길을 설파하는 불교와는 크게 다릅니다.

진리의 길은 하나요, 그 길에 어긋나는 주장과 신조들을 불교에서는 외도라고 부릅니다. 가라하딘나가 믿고 섬기는 자이나교 측에서는 이런 불교가 못마땅했고, 그래서 늘 견제했습니다. 무엇보다도 부처님과 그 제자들을 존경하고 공양 올리는 사람들이 점점 늘어나자 불안해지기까지 했습니다. 어떻게 하면 저 고타마 붓다를 사람들에게서 멀어지게 할 수 있을지 그 방법을 고민했지요.

도시의 재력가인 가라하딘나가 자신들을 믿고 섬기는 것도 흡족하지 않았습니다. 그의 친구이자 도시의 또 다른 재력가인 시리굿따가 저 석가모니의 신자였기 때문입니다. 외도의 스승들은 걸핏하면 가라하딘나에게 불평을 늘어놓았습니다.

"아니, 왜 당신의 친구인 시리굿따는 우리가 아닌 저 고타마를 믿고 따르는 것이오? 왜 그 시리굿따가 고타마와 그 추종자들에게 공양물을 올리는 걸 그냥 내버려두는 것이오?"

스승들의 불평을 견디다 못해 가라하딘나는 친구를 찾아가서 물었지요.

"대체 그대가 고타마에게 공양을 올려서 얻는 이익이 무엇인가? 그래서 뭐 좋은 일이라도 생겼는가? 차라리 내가 섬기는 스승님들을 극진히 모시고 공양 올리는 게 더 나을 것 같은데⋯."

사실 한두 번이 아니었습니다. 틈만 나면 자신을 찾아와서 신앙을 바꾸라고 졸라대는 친구 가라하딘나가 이제는 부담스러워지기 시작한 시리굿따. 그는 되물었습니다.

"그렇다면 그대의 스승은 대체 무엇을 알고 무엇을 보는 사람들이오? 얼마나 지혜로운 사람들인지 내게 설명할 수 있겠소?"

마침내 마음이 흔들리기 시작한 것일까요? 친구 시리굿따의 질문에 가라하딘나는 자기가 섬기는 스승들의 지혜로운 경지를 자랑스럽게 들려줍니다.

"오오, 정말 중요한 걸 물었구려. 벗이여! 그렇소. 내가 섬기는 스승님들은 참으로 지혜로운 분들이오. 그들은 모르는 것이 없는 분들이라서 과거와 현재, 미래의 모든 일을 아는 것은 물론이요, 몸과 입과 뜻으로 짓는 모든 업에 대해서도 환하오. 그리고 장차 어떤 일이 일어나고 또 일어나지 않을 것인지도 훤히 꿰뚫어 아는 분들이오."

시리굿따가 말했습니다.

"그렇게 훌륭하신 스승들이었는데 내가 몰라보았구려. 그토록 지혜로운 분들에게 내가 어떻게 공양 올리지 않을 수 있겠소?"

그러면서 다음 날 식사에 초대하겠노라며 그 외도 스승들에게 전해달라고 친구에게 부탁했습니다. 가라하딘나는 한걸음에 자신의 스승들에게 달려가서 이 기쁜 소식을 전했습니다.

다음 날 아침, 외도의 스승들 한 무리가 약속대로 시리굿따의 집을 찾았습니다. 수많은 사람들이 구경하러 모여들었습니다. 시리굿따가 마침내 자신의 스승인 고타마 붓다를 저버리고 외도라고 여겼던 이들을 스승으로 모시고 극진한 공양을 올린다는 소문이 퍼졌기 때문입니다. 외도 스승들은 몰려든 사람들을 보자 더 흐뭇했습니다. 자신들의 위상이 한껏 높아지고 붓다는 추락했음을 증명하게 되었으니까요. 시리굿따의 집에 들어선 그들의 눈앞에는 산해진미가 푸짐하게 놓여 있었습니다. 하지만 집주인의 안내를 받으며 자리를 잡고 앉는 순간, 그들의 발밑이 푹 꺼지고 구덩이 속으로 빠지고 말았습니다. 눈앞의 음식에 정신이 팔려 발밑에 시리굿따가 파놓은 함정을 알아차리지 못한 것이지요.

시리굿따는 친구 가라하딘나에게 말했습니다.

"과거, 현재, 미래에 어떤 일이 일어날지 훤히 꿰뚫고 있다는 그대 스승들의 모습을 보시오. 당장 몇 초 뒤에 자기 발밑에서 벌어질 일도 알지 못해 이런 꼴을 당하지 않았소!"

온 도시 사람들의 웃음거리가 된 가라하딘나와 그 스승들은 그대로 당하고 있을 수만은 없었습니다. 어떻게든 복수를 해야 했습니다. 자신이 당한 것과 똑같은, 아니, 그보다 더 치욕스럽고 치명적인 복수를 하기로 마음먹습니다. 가라하딘나는 이내 친구에게 부처님께 공양을 올리겠노라고 말했습니다.

"그토록 훌륭한 지혜를 가진 분을 내가 여태 모르고 있었다니 미안할 따름이오. 내일 아침에 부처님과 5백 명의 제자들을 우리 집에서 공양올리고 싶은데 나대신 약속을 받아주지 않으려오?"

시리굿따는 부처님을 찾아가 친구의 공양청을 전했습니다. 부처님은 가만히 미래의 일을 관찰했습니다. 그리고 내일 아침 자신과 제자들이 가라하딘나의 집 안으로 발을 내딛는 순간 시뻘건 숯불이 가득 담긴 어마어마하게 큰 함정이 자신을 기다리고 있음을 알아차립니다.

지혜롭다면 이 공양을 약속해서는 안 됩니다. 부처님 자신에게 죽음이 기다리고 있고, 불교 승가의 위상은 순식간에 땅에 떨어질 뿐만 아니라 부처님을 죽음으로 내몬 가라하딘나는 세세생생 씻을 수 없는 죄악의 과보에 시달리게 될 것입니다. 하지만 부처님은 그 뒷일까지 관찰했습니다. 부처님은 숯구덩이로 발을 내디딜 것입니다. 공양을 약속했다면 물러설 수 없기 때문입니다. 그러나 부처님은 보았습니다. 자신이 한 걸음 내디딜 때마다 아름다운 연꽃이 피어나 자신을 받칠 것이며, 이 엄청난 계략을 꾸민 가라하딘나는 이것을 계기로 오히려 커다란 믿음을 일으키고, 성자의 첫 번째 단계에 들어설 것임을 말입니다. 비록 가라하딘나에게 소름 끼칠 정도의 살의가 있다 하더라도 이렇게라도 해서 부처님과 인연을 맺게 된다면, 이 약속은 받아들일 가치가 있다는 판단을 내립니다.

부처님은 이 모든 일을 지혜로 관찰한 뒤에 시리굿따가 전한 공양청을 받아들입니다. 그 뒷이야기는 짐작하는 그대로입니다. 부처님이 미리 내다보신 그 일이 그대로 펼쳐졌지요. 시뻘건 숯구덩이의 참사를 기다렸던 가라하딘나의 눈앞에 아름다운 연꽃이 피어올라 부처님을 받들었고, 아예 음식 준비를 하나도 해놓지 않아 텅 비어 있던 그릇들에는 세상에서 가장 맛있고 정갈한 음식들이 가득 담기는 기적을 보게 되었습니다. 가라하딘나는 눈을 떴습니다. 그동안은 눈이 있어도 보지 못했습니다. 이런 기적들을 제 눈으로 보고서야 비로소 부처님과 진리에 눈을 뜨게 되었습니다.

세상에는 '이것만이 지혜요, 진리요, 깨달음'이라고 외치는 사람들이 많습니다. 하지만 몇 초 뒤 자신의 발 아래에 어떤 일이 벌어질지 아는 이는 몇이나 될까요? 어쩌면 그걸 내다보는 능력을 갖고 있는 이도 있을 것입니다. 하지만 눈앞의 산해진미에 정신이 팔려 그런 지혜를 발휘하지 못하는 이들은 더 많습니다. 그런 지혜는 진짜 지혜라 부를 수 없겠지요.

가라하딘나가 제 눈으로 확인한 기적은 숯불구덩이가 아름다운 연꽃 밭으로 변한 것 이상입니다. 아무 생각 없이 '그냥' 믿어왔던 것들을 반성하게 됐습니다. 믿는 게 다가 아닙니다. 믿어서 내가 달라져야 합니다. 부처님은 이런 믿음을 중요하게 여깁니다. 그러려면 '그냥 믿어온 것'들을 새로운 눈으로 봐야 합니다. 그동안 자신이 무엇을 믿어왔는지를 돌이켜 봐야 합니다. 그래야 진짜 눈을 뜨게 되겠지요.

부처님이 침묵으로 받아들인 아침공양의 약속, 그 끝에는 눈이 있어도 정말 봐야 할 것을 보지 못한 한 사람의 개안(開眼)이 기다리고 있었습니다.

경전을 보면 부처님도 사람들과 약속을 합니다.
그런데 새끼손가락을 거는 일 같은 건
처음부터 없습니다.
심지어 "그렇게 하겠다"라는 언표조차도 없습니다.
그럼에도 부처님은
사람들과의 약속은 반드시 지킵니다.

시시한 인생은
없다

"행복한 가정은 모두 고만고만하지만, 무릇 불행한 가정은 나름나름으로 불행하다."

톨스토이의 장편소설 『안나 카레니나』는 이 문장으로 시작합니다. 한국어 번역가들마다 조금씩은 다른 표현이지만, 박형규 번역가의 이 문장은 음미할 때마다 감탄이 절로 나옵니다.

어떠신가요? 우리는 모두가 행복한 가정을 꿈꿉니다. 행복하기 위해 열심히 살고, 행복하기 위해 더러는 다투기도 하지요. 남보다 더 행복하기 위해, 남만큼 행복하기 위해 열심히 삽니다. 그러다 지독하게 불행한 가정을 보게 되면 '그래도 우리 집은 저 집보다는 낫네' 생각하기도 하죠. 예외가 없습니다. 모든 가정들이 다 고만고만하게 행복하면서도 또 저마다 나름대로 불행한 이유가 있어 힘겨워합니다.

고만고만과 나름나름 행복을 꿈꾸며 시작한 결혼생활이건만, 아, 결국은 이런 것일까요? 씁쓸합니다. "난 저 사람 없으면 못 살 것 같아"라며 결혼했는데, 어느 사이엔가 "저 인간 때문에 못 살겠어"라며 진저리를 치지요. 어쩌면 우리는 '결혼이란 것은 해도 후회하고 하지 않아도 후회하지만, 그래도 해보고 후회하는 게 낫겠다 싶어서 한다. 해보고 나니 안 해도 될 걸 괜히 그 난리를 피우며 결혼했구나 싶어 그게 후회스럽다'는 것에 공감을 하고 살아가는 것일지도 모르겠습니다.

부처님도 성을 나오기 전 왕자 시절에 결혼을 했고 자식까지 두었습니다. 그러나 그 모든 것을 내려두고 출가자의 신분이 되었을 때, 결혼 생활은 당연히 깨졌습니다. 이런 부처님에게 만일 어떤 선남자나 선여인이 다가가서 "부처님, 제게 사랑하는 사람이 생겼습니다. 결혼 적령기에 이르렀는데, 결혼을 해야 할까요?"라고 여쭙는다면, 부처님은 무엇이라 대답할까요? 제 짐작으로는, 부처님은 틀림없이 결혼을 하라고 축복해 주실 것 같습니다. 사랑하는 사람과 결혼하여 꾸린 가정을 행복하게 유지하며 늙어가는 것을 세상 사람들은 가장 큰 보람이요 행복이라 여기기 때문입니다. 부처님이 이런 세속의 행복을 훼방놓으실 리는 없습니다. 그러니 재가자에게는 행복한 결혼 생활을 축복하는 뉘앙스의 법문도 초기경전에서는 자주 등장합니다. 하지만 출가수행자 중심의 경전들에서는 당연히 결혼을 애욕의 결정체로 여기고, 배우자를 향한 사랑은 순수한 사랑이기 보다는 수행을 방해하는 미련과 헛된 욕망으로 치부합니다.

그런데 정말 깨달음을 얻는 데 결혼은 걸림돌이고 방해물이기만 할까요? 어떤 경전을 보느냐에 따라 대답은 달라지겠지만, 부처님의 일대기와 전생담을 실은 경이나 대승경전에는 아주 흥미로운 이야기가 실려 있습니다. 뜻밖에도 결혼(혹은 결혼과 비슷한 남녀의 만남)을 하지 않으면 인생의 가장 큰 목적을 이루기가 어렵다는 느낌까지 받게 될 정도입니다.

멀고도 먼, 아주 오래 전 이야기입니다. 인생의 참 스승을 찾아 길을 떠난 청년 한 사람이 있었습니다. 바로 석가모니 부처님의 전생으로, 수메다 행자입니다. 수메다란 찬탄할 만한 지혜를 갖추었다는 뜻을 지녔기 때문에 선혜(善慧)로 옮기고 있습니다.

이 수메다 행자는 일찍이 훌륭한 스승을 찾아 집을 나왔습니다. 어딘가에 선지식이 계시다는 소문을 들으면 불원천리 달려갔습니다. 워낙 지혜로운 젊은이여서 누가 아무리 심오한 이치를 들려줘도 이내 이해하고 꿰뚫었으며, 심지어는 다른 이들에게 자신이 방금 깨달은 이치를 명쾌하게 설명해주기까지 했습니다. 그의 지혜에 감동을 받은 이들은 은전 하나씩을 주었고,

수메다 행자는 은전 5백 닢을 주머니에 넣고 다시 스승을 찾아 길을 떠나 한 나라의 수도에 도착했습니다.

그런데 마침 그 나라는 엄청난 축제를 앞두고 있었지요. 화려하게 거리를 꾸미고, 길바닥도 정성을 다해 쓰느라 정신이 없는 중에도 사람들은 모두 행복한 표정이었습니다.

"우리 임금님께서 연등부처님을 모시고 공양을 올리실 거랍니다. 부처님과 그 제자 분들이 지나실 거리이기 때문에 이렇게 단장하고 있지요."

사람들에게서 이런 말을 들었을 때 수메다 행자의 머리털이 쭈뼛 섰습니다. '부처님'이란 이름, 그토록 만나 뵙고 싶었던 바로 그 스승님 이름을 들었기 때문입니다. 그는 너무나 기뻤습니다. 어쩌면 자신이 집을 나와 그리도 헤매고 다녔던 목적을 이룰 수 있으리라는 데에 생각이 미치자 그는 가만있을 수가 없었습니다.

"그렇다면 저도 부처님에게 나아가야겠습니다. 하지만 빈손으로 갈 수는 없습니다. 꽃이라도 사서 공양올리고 싶은데 어디서 살 수 있을까요?"

그러자 사람들이 고개를 설레설레 저으며 말했습니다.

"꿈도 꾸지 마시오. 임금님이 당신 혼자서 공양 올리고 싶다면서 이 나라의 모든 꽃과 향을 다 사들였다오. 행여 숨겨놓은 꽃이 발각되면 그때는 엄벌에 처한다고 했지요."

그는 난감했습니다. 세세생생 진리를 위해서라면 무엇이든 아낌없이 내놓았습니다. 그런데 지금 그는, 은전이 5백 닢이나 있는데도 꽃 한 송이도 살 수가 없는 처지입니다. 그저 발만 동동 구르고 있는 그때, 커다란 병을 든 여인이 다가왔습니다. 여인이 들고 있는 병에는 아름다운 꽃 일곱 송이가 들어 있었지요. 이걸 본 수메다 행자가 달려가서 돈을 내밀며 말했습니다.

"내게 꽃 다섯 송이만 파시지요. 한 송이에 은전 1백 닢씩, 자, 여기 5백 닢의 은전이 있습니다."

여인은 깜짝 놀랐습니다.

"몇 푼도 되지 않는 꽃인데 이리 거금을 내놓으시는 이유가…."

그리고 행자로부터 "진리를 깨달아 세상을 행복하게 하겠노라"는 진심어린 대답을 듣자 감동해서 말하지요.

"알겠습니다. 꽃을 팔지요. 하지만 그 대신 제가 세세생생 당신의 아내로 살게 해주십시오."

여인이 먼저 프로포즈를 한 셈입니다. 수메다 행자는 망설였습니다. 지금 이 꽃이 간절한 만큼 무슨 약속이라도 하겠지만, 결혼을 하더라도 자신은 언제나 출가하여 수행할 사람이기 때문입니다. 이 속사정을 들은 여인은 오히려 이렇게 말합니다.

"저는 맹세합니다. 이후 태어나는 세상에서 언제나 당신의 뜻을 존중할 것이며, 당신이 무엇이든 아낌없이 사람들에게 베푼다면 기꺼이 따르겠습니다. 이런 내 마음을 받아주겠다면 이 꽃을 드리지요. 하지만 들어줄 수 없다면 당신의 그 거금을 받지 않겠습니다."

여인의 대답에 수메다는 조용히 자신의 전생을 살펴봅니다. 그리고 이 여인이 5백 생을 지나오면서 언제나 자신의 아내였음을 알게 되지요. 그렇다면 이 여인과 함께 수행의 길을 걸어왔다는 말이 됩니다. 그는 흔쾌히 여인의 조건을 받아들입니다. 그러자 여인은 기쁘게 다섯 송이 꽃을 내어주고 이어서 말합니다.

"저는 감히 부처님 앞에 나아갈 수가 없습니다. 그러니 제 마음을 여기 두 송이 꽃으로 대신 전해주시기 바랍니다."

이렇게 해서 수메다 행자는 연등 부처님 앞으로 나아가 자기 몫의 다섯 송이 꽃과 아내 몫의 두 송이 꽃을 올리게 되었고, 그로써 부처님에게 법을 듣고 장차 부처가 되리라는 수기를 받게 됩니다. 『수행본기경』에 실린 이야기입니다.*

진리의 길을 걸어가는 이에게 결혼이란 바람직하지 않다는 생각이 지배적이지만, 정작 경전을 읽어보면 배우자의 역할은 참으로 중요합니다. 수메다의 경우만 보더라도 그 여인이 없었다면, 그토록 찾아다니던 스승을 뵙고 가르침을 들을 수 있었을까요?

사는 게 버거워 연애도 결혼도 포기한다고들 합니다. 혼자 지내고 혼자 밥 먹고 혼자 여행을 다니고 영화관에도 혼자 갑니

---

* 이 경에서는 수메다가 아닌 무구광(無垢光)이란 이름으로 등장하지만, 편의상 수메다로 말씀드렸습니다.

다. 너무 단체를 강조해 온 사회 분위기에 짓눌려 혼자만의 삶을 선택하는 것도 괜찮겠지요. 하지만 혼자서만 살아가는 것이 세상은 아닙니다. 굳이 결혼이라는 제도에 묶이지 않더라도 내 인생에서 도반을 찾아보는 것도 나쁘지는 않을 것입니다. 수행의 길에서조차 이성의 만남이 결정적인 역할을 한다고 경에는 쓰여 있습니다. 함께 완성해 가는 인생, 내 짝은 인생길의 동무요, 도반입니다. 고만고만하고 나름나름인 세상의 결혼 생활이라지만 그것이 도반과의 삶이라면 꽤 괜찮은 만남 아닐까요?

고만고만과 나름나름 행복을 꿈꾸며
시작한 결혼생활이건만,
아, 결국은 이런 것일까요? 쓸쓸합니다.
"난 저 사람 없으면 못 살 것 같아"라며 결혼했는데,
어느 사이엔가 "저 인간 때문에 못 살겠어"라며
진저리를 치지요.
어쩌면 우리는
'결혼이란 것은 해도 후회하고
하지 않아도 후회하지만,
그래도 해보고 후회하는 게 낫겠다 싶어서 한다.
해보고 나니 안 해도 될 걸
괜히 그 난리를 피우며 결혼했구나 싶어
그게 후회스럽다'는 것에 공감을 하고
살아가는 것일지도 모르겠습니다.

울지 마라,
원래 그런 법이니

"아난다는 어디 있는가?"

늙은 부처님이 물었습니다. 두 그루 사라 나무 아래에 오른쪽 옆구리를 바닥에 대고 누우셔서 지상의 마지막 하루를 보내는 부처님입니다. 그런 부처님 곁에 꼭 있어야 할 아난다 존자가 언제부터인가 보이지 않았습니다.

"아난다 존자는 지금 울고 있습니다."

아난다를 대신해서 부처님 곁을 지키던 제자가 답했지요.

"아난다 존자는 문간에 기대어 흐느끼고 있습니다. '난 아직도 배워야 할 것이 너무나 많이 남았는데 이제 나를 이끌어주실 스승님은 내 곁을 떠나려 한다. 내가 어느 생에 태어나더라도 그 분을 다시 뵐 수는 없다'면서 구슬프게 울고 있습니다."

제자의 대답을 듣자 부처님은 말씀하십니다.

"어서 가서 아난다를 불러오너라. 내가 그를 부른다고 가서 말해라."

아난다 존자는 25년을 그림자처럼 부처님 곁을 지킨 시자였습니다. 그 누구보다 부처님 마음을 잘 파악해서 조금도 어긋나지 않게 그 뜻을 잘 따른 제자였습니다. 결코 자기 생각을 앞세우지 않았고, 그렇다고 부처님을 졸졸 따르기만 하지는 않았습니다. 부처님을 위하여 자신을 내려놓았지만, 대중을 대신해서 부처님에게 이의를 제기하기도 했습니다. 부처님과 대중의 뜻을 어기지 않았고, 그 마음들을 다치지 않았고, 서로가 행복할 수 있는 길을 모색해 온 시자였습니다.

수많은 제자들이 부처님 가르침을 듣고 난 뒤 각자 인연을 따라 흩어졌지만, 아난다 존자는 그렇게 하지 않았습니다. 55세의 부처님을 모신 이래 부처님이 80세에 이르러 생의 마지막 날에 이를 때까지 곁을 떠나지 않았습니다. 중년의 위엄 있고 원숙한 스승은 언제나 시자 아난다의 자랑이었습니다. 큰 나무 같았고 깊은 그늘 같았습니다. 언제나 돌아가 기댈 수 있는 너르고도 단단한 바위 같은 분이었습니다.

그런데 어느 사이엔가 부처님은 자주 병을 앓았습니다. 늙음이 불러오는 병고 앞에는 어쩔 도리가 없습니다. 맨발로 길을 걸으며 하루 한 끼 탁발로 평생을 지내오시던 부처님은 어느 때인가는 초라한 움막 안으로 들어가서 며칠을 꼼짝도 않고 계셨습니다. 가만히 문에 귀를 기울여보지만 아무런 소리도 들리지 않았습니다. 하지만 아난다 존자는 알고 있습니다. 육신이 허물어지는 과정을 지금 겪고 계신 중이라는 걸 말이지요.

며칠을 문밖에서 애태우며 발만 동동거린 적도 있었습니다. 부처님은 그런 시자의 마음을 아는지 모르는지 아무런 기척도 내지 않았고, 그렇게 며칠이 흐른 뒤 밖으로 나와 나무 아래에 앉은 부처님을 향해 아난다 존자가 한달음에 달려와서 이렇게 외쳤지요.

"아아, 부처님. 이제야 나오셨습니다. 정말 다행입니다. 이렇게 모습을 보여주시니 기뻐서 어쩔 줄 모르겠습니다. 부처님께서 병을 앓으시는 동안 저는 살아도 산목숨이 아니었습니다. 너무나 무섭고 두려워서 제 몸이 뻣뻣하게 굳어버렸습니다. 저는 뭘 해야 할지도 몰랐고, 무엇을 해도 즐겁지 않았습니다."

부처님은 나직하게 대답하시죠.

"아난다여, 나는 지금 늙었다. 내 나이 여든을 넘어섰다. 지금 여래의 몸은 낡은 수레를 밧줄로 동여매서 힘겹게 이끌고 가는 것과 다르지 않구나. 하지만 깊은 선정에 들어 있으니 괴롭지 않고 평온하다."

부처님의 마지막 여정을 담은 경 『디가 니까야』의 「마하빠리닙바나 숫따(대반열반경)」에 나오는 이 대목을 읽을 때면 눈시

울이 붉어집니다. 그 위대한 가르침을 들려주시던 부처님도 세월이 흐르면 늙고 병들고 이윽고 부서지게 된다는 걸 이렇게 그 몸으로 보여주고 계십니다. '내 나이가 어때서'라며 '나 아직 쌩쌩하다'고 몸부림치는 세속 사람들과는 다른 모습입니다. 몸은 속속 부서져가고 있지만 선정에 들어 스스로를 잘 챙기는 까닭에 마음이 불안하지 않고 몸마저도 평온하다는 것이 늙은 부처님 모습입니다. 그렇다고 해도 늙은 스승을 모시고 매일 아침 맨발로 탁발에 나서는 제자 아난다의 심정은 참담했을 것입니다. 그렇게 눈앞에서 하루하루 부서져 가고 있는 부처님을 모시고 맨발로 길을 걸어서 천천히 마지막 자리인 쿠시나가라에 이른 시자 아난다 존자!

이윽고 두 그루 사라나무 사이에 자리를 마련하고 누우신 부처님에게 이제 정말 지상에서의 마지막 시간이 찾아왔습니다. 의연하던 아난다 존자는 결국 울음을 참지 못하고 부처님 곁을 떠났습니다. 임시로 마련한 조촐한 방으로 뛰어 들어갔을 테지요. 행여 자신의 통곡으로 평온한 마지막 순간을 맞으실 부처님에게 누를 끼칠까 염려스러워서 그리 했을 것입니다.

그런 아난다 존자를 잘 알기에 부처님은 그를 부르셨습니다. 아난다 존자는 서둘러 눈물자국을 지우고 자신의 그 자리, 부처님 곁으로 나아갔습니다. 아난다의 마음속에 울음이 가득 차 있다는 사실을 누구보다 잘 알고 있는 부처님은 이렇게 말을 건네십니다.

"울지 마라. 아난다여. 슬퍼하지 마라."

세상에 태어나 자신을 알아주고 아껴주고 일깨워주고 편이 되어준 사람을 떠나보내야 하는 마음이 오죽할까요? 큰 바위처럼 기대어 살아왔는데 두 발을 딛고 서 있던 대지가 흔들리는 것 같아 견딜 수 없이 슬픈 아난다에게 부처님은 다시 말씀하십니다.

"아난다여, 내가 오래 전부터 그리도 말하지 않았더냐? 세상에서 아무리 사랑스럽고 마음에 드는 것이라 해도 그 모든 것들과 헤어지게 마련이라고 말이다. 원래가 그런 법인데 슬퍼한다고 해서 무슨 소용이 있겠는가. 태어나서 삶을 영위하며 지내오는 모든 것들은 모두가 부서지기 마련이다. 그런 것을 두고서 '부서지지 마라, 흩어지지 마라, 변하지 마라'고 한다면 그게 이치에 맞는 일이겠느냐? 그런 법은 없다."

아난다 존자가 그걸 왜 모르겠습니까? 하지만 자신에게 세상 모든 것은 무너지게 마련이라는 이치를 일러주시던 스승의 소멸 앞에서 그는 전율한 것입니다.

'과연 내가 붙잡을 수 있는 것은 무엇이던가? 나를 아껴주고 나를 위해서 머물러 줄 수 있는 것은 진정 아무 것도 없단 말인가?' 그런 것은 없습니다. 그런 것은 없다고 부처님은 당신의 몸으로 보여주신 것이지요. 언제든지 스승님께 나아가면 가르침을 받을 수 있고, 언제라도 최고의 성자인 아라한이 될 수 있으리라 믿었지만, 그 '언제든지'는 속절없이 사라지고 말았기에 아난다 존자의 설움은 더욱 클 수밖에 없습니다. 아난다 존자의 이 눈물은 사랑하고 존경하는 스승과의 이별 때문만이 아니라 결국 모든 것은 흩어지고 사라지게 마련이라는 엄연한 진리에 속수무책 무릎을 꿇은 한 존재의 탄식일지도 모릅니다.

부처님은 당신을 한마음으로 모셔온 제자를 내버려두지 않았습니다.

"그대는 인생에서 가장 소중한 시간에 몸과 말, 생각에 자애를 담아서 여래를 곁에서 도와주었다. 그대의 도움으로 나 석가모니는 세상의 교화를 마치고 반열반에 드니, 이제 그대의 시간이다. 쉬지 말고 정진하라. 곧 아라한을 이룰 것이다."

아라한이란 경지는 당시 제자들이 도달할 수 있는 가장 높은 경지였습니다. 모든 번뇌를 완전히 벗어 버린, 훌륭한 성자의 경지입니다. 부처님의 제자들은 누구나 아라한이 되기 위해 정진합니다. 그런데 당신 때문에 뒤처졌던 제자가 당신이 떠나고서야 자신의 수행의 목적을 이룰 수 있음을 알고 있었으니 그런 제자를 대할 때마다 부처님 마음은 어땠을지요.

아난다 존자는 석가모니 부처님을 모시기 위해 아라한이라는 해탈열반의 경지를 조용히 미뤄왔습니다. 수많은 도반들이 자신보다 앞서 높은 경지에 속속 이르지만 그는 여전히 낮은 자리에서 공손히 두 손을 모으며 부처님을 모셨습니다. 부처님은 그런 제자에게 마지막 선물인 수기를 주셨지요. 제자의 깨달음을 예고하는 것을 수기라고 합니다.

여전히 공부해야 할 것이 남아 있어서 인간적 정리에 흐느껴 우는 제자의 눈물을 닦아주며 건네는 그 든든한 위로, 이런 제자의 눈물과 이런 스승의 선물이 있는 곳이 불교입니다.

"아난다여,
내가 오래 전부터 그리도 말하지 않았더냐?
세상에서 아무리 사랑스럽고 마음에 드는 것이라 해도
그 모든 것들과 헤어지게 마련이라고 말이다.
원래가 그런 법인데
슬퍼한다고 해서 무슨 소용이 있겠는가.
태어나서 삶을 영위하며 지내오는 모든 것들은
모두가 부서지기 마련이다.
그런 것을 두고서 '부서지지 마라, 흩어지지 마라,
변하지 마라'고 한다면 그게 이치에 맞는 일이겠느냐?
그런 법은 없다."

―――

울 다

살면서 흘린 눈물은
바다보다 많다

빠따짜라라는 이름을 지닌 여인이 있었습니다. 꼬살라국의 수도인 사밧띠의 아주 부유한 집안의 딸이었지요. 부모에게는 사랑하는 딸에게 잘 어울리는 훌륭한 가문의 청년을 딸의 배필로 맞아들이는 것이 지상 최대의 과제였습니다. 행여 딸이 엉뚱한 남자를 사귀기라도 하면 큰일이어서 부모는 이 딸의 바깥출입을 엄하게 금했지요. 하지만 이런 보호가 딸의 인생을 부모의 기대와는 전혀 다른 쪽으로 흐르게 했습니다. 딸은 자신의 시중을 들던 천한 신분의 청년과 사랑에 빠지고 말았지요. 그런 줄도 모르고 부모는 자신들의 재력에 걸맞은 집안의 청년을 물색

해서 딸의 혼사를 추진했습니다.

결혼 날짜가 다가오자 딸은 안절부절못했습니다. 사랑하는 남자가 있는데 다른 이와 결혼할 수는 없었습니다. 하지만 인도 사회는 그 무엇보다도 신분제도에 엄격했기에 딸의 사랑은 처음부터 맺어져서는 안 되는 것이었습니다. 부잣집 딸인 빠따짜라는 마음을 굳힙니다. 아무도 모르는 먼 곳으로 둘이 도망치기로 말이지요. 그래서 두 사람은 한밤중에 집을 나와 어느 먼 지방으로 숨어들어가 살림을 차렸습니다. 부모의 집에서처럼 풍요롭지는 않았지만 사랑하는 사람과 온종일 그 누구의 눈치도 감시도 받지 않고 지낼 수 있으니 그만하면 됐지요.

두 사람의 사랑은 결실을 맺어 빠따짜라가 임신을 했습니다. 하루하루 배가 불러오자 그녀는 집으로 가고 싶었습니다. 자신을 아껴주고 사랑을 베풀어준 부모님에게 늘 죄를 지은 기분이었습니다. 만삭이 되어 돌아가면 부모님도 어쩔 수 없이 자신과 남편을 받아줄 것이라는 생각도 들었지요.

그런데 남편은 반대했습니다. 어마어마한 재력가인 아내의 집안에서 자신을 사위로 받아줄 리가 없음을 알고 있었기 때문입니다. 자신은 내쫓기는 것도 모자라 죽임을 당할 수도 있음을 알고 남편은 친정으로 가겠다는 아내를 말렸습니다. 가고 싶다, 보내줄 수 없다… 부부가 실랑이를 벌이던 중에 아이는 태어났습니다. 그리고 몇 년이 흘러 아내는 또다시 임신을 했습니다. 이번만큼은 꼭 친정으로 가서 아이를 낳겠다고 결심한 아내를 남편은 말리지 못했습니다.

큰아이를 안고 만삭이 된 아내를 부축하며 남편은 길을 나섰습니다. 그러다 길에서 그만 큰 비를 만나고 말았습니다. 남편은 아내에게 말했지요.

"조금만 기다려요. 내가 비를 피할 만한 곳을 알아 볼게요."

하지만 남편은 돌아오지 않았습니다. 아내는 남편을 기다리다 길 위에서 홀로 둘째 아이를 낳고 말았습니다. 다음 날, 간신히 몸을 추스른 아내는 갓 낳은 아이를 안고 큰 아이와 함께 남편을 찾아 나섰습니다. 하지만 그녀의 눈에 들어온 것은 독사에 물려 죽은 남편의 시신이었습니다. 아내는 자리에 털썩 주저앉았습니다. 눈물이 쏟아지기 시작했습니다. 오직 자신과의 사랑 하나로 야반도주해서 살아왔고, 자기 고집 때문에 길을 나섰다가 불귀의 객이 되고만 남편에 대한 미안함에 서럽게 울었습니다. 걷잡을 수 없이 눈물이 쏟아졌지만 더 이상 길에서 머뭇거릴 수는 없었습니다.

갓난아이를 품에 안고, 이제 아장아장 걷는 큰아이 손을 꼭 붙들고 친정을 향해 걸음을 재촉했습니다. 그리고 마침내 아찌라바띠강에 이르렀습니다. 이 강만 건너면 그리운 친정집에 닿을 수 있었지요. 하지만 지난밤에 내린 큰 비로 강물은 크게 불어났고, 유속도 셌습니다. 자신들을 건네줄 사람이 나타났으면 좋겠지만 언제까지고 기다릴 수는 없었습니다. 그녀는 먼저 갓난아이를 안고 강물로 걸어 들어갔습니다. 간신히 갓난아이를 건너편 강둑 안전한 곳에 내려놓은 뒤 다시 강을 건넜습니다. 건너편에서 자신을 기다리는 큰아이를 데리고 와야 했지요. 그런데 이게 웬일입니까. 그녀가 강 중간쯤에 이르렀을 때 커다란 매 한 마리가 날아와서 두 발로 갓난아이를 움켜쥐고는 날아가 버렸습니다. 강 한복판에서 그녀는 소리를 지르며 두 팔을 마구 휘저었지만 소용없었습니다.

비극은 여기서 멈추지 않았습니다. 강 건너편에서 엄마를 기다리던 어린 아들은 엄마가 자신에게 이리로 오라고 팔을 휘두르는 줄 알고 강으로 뛰어든 것입니다. 불어난 강물은 어린 아이를 삼키고 빠르게 흘러갔습니다. 하루 새에 남편은 독사에 물려 죽고, 작은 아이는 매가 채 갔고, 큰 아이는 강물에 휩쓸려 버리고 말았습니다. 믿을 수 없는 일을 잇달아 겪은 빠따짜라는 거의 정신을 잃을 지경이었습니다. 흐르는 눈물을 닦지도 못한 채 하염없이 친정을 향해 걸음을 옮겼습니다.

하지만 또 다른 비극이 그녀를 기다리고 있었습니다. 그토록 보고 싶었던 부모가 지난밤 큰 비에 목숨을 잃어서 친척들이 모여 화장을 막 마친 뒤였기 때문입니다.

빠따짜라는 주저앉았습니다. 그녀의 두 눈이 멍하니 허공을 향했습니다. 눈물이 쏟아지기 시작했습니다. 불행은 한꺼번에 닥친다 하지만 이럴 수는 없었습니다. 그녀는 비명을 지르고 뒹굴었습니다. 머리카락이 헝클어지고 옷은 찢어졌습니다. 산발이 되었고 알몸이 되어버렸지만 빠따짜라의 몸부림과 울부짖음은 멈추지 않았습니다.

아무도 그녀에게 다가갈 수가 없었습니다. 사랑하는 사람들을 송두리째 잃은 그녀를 누가 어떻게 무슨 말로 달랠 수가 있을까요? 정신을 잃다시피 한 빠따짜라는 자리에서 벌떡 일어나 거리를 헤매기 시작했습니다. 초점을 잃은 두 눈동자는 눈물에 짓이겨진 채 허공을 휘저었고 반미치광이가 된 그녀는 정처 없이 돌아다니기 시작했습니다.

그러다 도달한 곳, 그곳은 부처님 계신 곳이었습니다. 때마침 사람들이 부처님을 모시고 가르침을 듣고 있었는데 바로 그 자리에 슬픔에 미쳐버린 빠따짜라가 알몸으로 뛰어든 것입니다. 사람들이 놀라서 그녀를 막아섰습니다. 하지만 이 모든 일을 부처님은 알고 계셨던 걸까요?

"그녀를 막지 마시오."

차분한 부처님 목소리에 빠따짜라는 정신이 번쩍 들었습니다. 그리고 자신이 벌거벗었다는 사실을 알아차렸습니다. 누군가가 그녀의 몸에 옷을 덮어주었고, 그녀는 그제야 부처님을 향해 넋두리를 쏟아내기 시작했습니다. 하룻밤 새에 얼마나 많은 비극을 겪어야 했는지, 눈물을 비처럼 쏟으며 자신의 신세를 털어놓았습니다. 그녀의 넋두리를 들은 부처님은 차분한 음성으로 말씀하셨습니다.

"빠따짜라여, 그대는 지금 울고 있습니다. 그런데 그대가 시작을 알 수 없는 생을 윤회하는 동안 이러한 일로 흘린 눈물은 저 바닷물보다도 더 많습니다."

우린 지금까지 몇 번의 생을 살아왔을까요. 얼마나 많은 이별을 했고 얼마나 많은 배신을 당했고 얼마나 억울한 일을 겪었을까요. 그러면서 흘린 눈물은 또 얼마나 많을까요. 세세생생 윤회하면서 그토록 눈물을 흘렸건만 지금 이 생에서는 마치 처음인 것처럼 우리는 눈물을 흘리고 있습니다. 이번 생은 처음이지만 이번 생 같은 생을 숱하게 반복해 온 것이 우리입니다.

부처님이 시작을 알 수 없는 윤회를 하면서 흘린 눈물에 대해 법문을 설하자 빠따짜라의 눈물이 서서히 멈추었습니다. 그리고 부처님 아래 출가해 진지한 구도자의 길을 걸었습니다.

그러던 어느 날, 그녀는 발을 씻다가 물을 뿌렸는데, 처음 뿌린 물은 이내 땅속으로 잦아들었고, 두 번째 뿌린 물은 어느 정도 흐르다가 잦아들었고, 세 번째 뿌린 물은 좀 더 멀리 흐르다가 마침내 땅속으로 잦아드는 걸 지켜보게 됩니다. 그러면서 깨닫지요. 사람이란 존재가 바로 그렇다는 것을요. 아무리 내게 소중한 사람이라도 그의 수명은 참으로 짧을 수도 있고 아주 길 수도 있으며, 그건 그 누구도 어쩔 수 없는 일임을 말이지요.

그 때 부처님께서 그녀 앞에 광명을 놓으며 "생겨나고 사라지는 이치를 보지 못하고 백년을 사는 것보다 생겨나고 사라지는 이치를 보면서 하루를 사는 것이 낫다"고 말씀하십니다. 그렇게 부처님의 격려 속에서 빠따짜라는 무상의 이치를 터득하고 더욱 진지하게 수행을 이어나가 최고의 성자인 아라한이 되었습니다. 덧없는 인간사에, 지독한 상실감에 눈물을 흘리던 그녀가 마침내 성자가 됐습니다.

누구든 살면서 이런저런 슬픔을 겪게 됩니다. 그 누구도 자신을 찾아오는 비극에서 자유로울 수는 없습니다. 그러나 무상의 이치를 터득하여 덤덤히 견뎌내는 힘을 갖춘 삶이야말로 진정 우리를 눈물 없는 경지로 데려갈 것입니다.

그녀의 두 눈이 멍하니 허공을 향했습니다.
눈물이 쏟아지기 시작했습니다.
불행은 한꺼번에 닥친다 하지만 이럴 수는 없었습니다.
그녀는 비명을 지르고 뒹굴었습니다.
머리카락이 헝클어지고 옷은 찢어졌습니다.
산발이 되었고 알몸이 되어버렸지만
빠따짜라의 몸부림과 울부짖음은 멈추지 않았습니다.
아무도 그녀에게 다가갈 수가 없었습니다.
사랑하는 사람들을 송두리째 잃은 그녀를
누가 어떻게 무슨 말로 달랠 수가 있을까요?

끝마치며

참고한 책을 소개합니다.

경전에 담긴 이야기를 풀어내는 일은 아주 재미있습니다. 때로는 글을 쓰면서 나 자신이 먹먹한 감동에 젖기도 합니다. 하지만 이런 글도 수많은 분들의 작업이 있어서 쓸 수가 있습니다.

가장 먼저 전재성 박사의 빠알리 니까야 전집이 아주 큰 도움이 됐음을 밝힙니다. 한국빠알리성전협회에서 5부 니까야를 우리말로 번역해내지 않았다면 제가 이런 책을 내는 건 정말 어려웠을 것입니다. 책의 내용 중에서 초기경전 니까야 부분은 대부분 전재성 박사의 번역본에서 인용하였으며 독자들에게 조금 더 쉽고 흥미롭게 들려주기 위해 축약하고 윤문하였음을 밝힙니다.

그리고 무념 스님과 응진 스님이 번역한 『법구경 이야기』(전 3권, 옛길)도 큰 의지가 됐습니다. 경전에 등장하는 인물의 뒷이야기를 만나는 데 이만큼 절대적인 도움을 준 책도 없을 것입니다. 경전 중에서 최초기에 성립한 것이라 일컬어지는『숫따니빠따』는 일아 스님의 번역본(불광출판사)의 도움을 많이 받았습니다. 현대 독자들이 편안하게 읽어갈 수 있도록 문장을 세심하게 매만진 노력이 엿보여서 참 좋았습니다.

불교이야기를 풀어 가는 데 제가 반드시 참고하는 또 한 권의 책이 있습니다. 밍군 사야도 스님이 쓰고 최봉수 박사가 번역한『대불전경』(전 10권, 한언)입니다. 10권이나 되는 이 엄청난 분량의 책에는 '석가모니불'이라는 존재에 대해 말할 수 있는 이야기가 다 실려 있습니다. 이 책을 읽지 않고 붓다를 말한다는 건 어렵지 않을까 싶을 정도입니다.

그 밖에도『댄 애리얼리의 부의 감각』(청림출판),『미성숙한 사람들의 사회』(추수밭),『웃음의 심리학』(중앙북스),『세상에서 가장 아름다운 집』(궁리),『노년에 관하여 우정에 관하여』

시시한 인생은 없다

(숲), 『잡동사니로부터의 자유』(초록물고기), 『아무것도 못 버리는 사람』(도솔), 『무소유』(범우사)를 읽으면서 많은 도움을 받았음을 밝힙니다.

또한 동산반야회 · 동산불교대학에서 주신 연구기금도 글을 쓰는 데 든든한 힘이 되었습니다. 모든 인연에 깊이 감사드립니다.

시시한 인생은 없다

이야기로 풀어 쓴 경전 에세이

초판 1쇄 발행 2020년 3월 31일

지은이　　이미령

펴낸이　　오세룡
기획 · 편집　김영미 김경란 박성화 손미숙 김정은
취재 · 기획　최은영 곽은영
디자인　　조성미
　　　　　　고혜정 김효선 장혜정
그림　　　전지은
홍보 · 마케팅　이주하
펴낸 곳　　담앤북스
　　　　　　서울특별시 종로구 새문안로3길 23 경희궁의 아침 4단지 805호
　　　　　　대표전화 02) 765-1251 전송 02) 764-1251
　　　　　　전자우편 damnbooks@hanmail.net
　　　　　　출판등록 제300-2011-115호

ISBN 979-11-6201-218-5 (03810)

정가 15,000원

이 도서의 국립중앙도서관 출판예정도서목록(CIP)은 서지정보유통지원시스템 홈페이지
(http://seoji.nl.go.kr)와 국가자료공동목록시스템(http://www.nl.go.kr/kolisnet)
에서 이용하실 수 있습니다.(CIP제어번호: CIP2020011946)